Über den Autor:

Sandro Hübner, wurde 1991 in Görlitz geboren. Besuchte erfolgreich die Schule und widmete sich mit 10 Jahren Kurzgeschichten, Gedichten und Vorträgen, die sehr umfangreich verfasst waren. Als er 17 Jahre alt war und sich als Schriftsteller die Zeit, für seinen Ersten Roman: SAD SONG - Trauriges Lied - nahm, machte ihm das Schreiben sehr großen Spaß. Sandro Hübner lebt in Berlin und arbeitet bereits an seinem nächsten Roman. Er hat mittlerweile viele Bestseller geschrieben.

Vom Autor bereits erschienen: www.sandrohuebner.de

Für dich Mama, Papa Oma, Opa und Ur-Oma

Alle Geschichten, wenn man sie
bis zum Ende erzählt,
hören mit dem Tode auf.
Wer Ihnen das vorenthält,
ist kein guter Erzähler.

E. Hemingway

SANDRO HÜBNER

ES IST ENDLICH WIEDER FRÜHLING

Roman

26 | TWENTY SIX

Bibliografische Information der Deutschen Nationalbibliothek:
Die Deutsche Nationalbibliothek verzeichnet diese Publikation in der Deutschen Nationalbibliografie; detaillierte bibliografische Daten sind im Internet über http://dnb.dnb.de abrufbar.

TWENTYSIX
Eine Marke der Books on Demand GmbH

© 2023 Sandro Hübner

Herstellung und Verlag:
BoD - Books on Demand, Norderstedt

ISBN: 978-3-7407-1695-0

Alle Rechte, einschließlich die des auszugsweisen Nachdrucks in jeglicher Form und der Übersetzung, sind vorbehalten. Das Werk darf – auch teilweise – nur mit Genehmigung des Autors wiedergegeben werden.

Alle in diesem Roman vorkommenden Personen, Schauplätze, Ereignisse und Handlungen sind frei erfunden. Etwaige Ähnlichkeiten mit lebenden Personen oder Ereignissen sind rein zufällig.

Kapitel 1

Schon wieder war die Frühlingszeit vorübergegangen und ich war immer noch allein. Die Tage wurden heißer und heißer, aber mein Leben blieb so kalt wie eine Winterlandschaft. Seit ich vierzehn Jahre alt war, hoffte ich jeden Frühling darauf die große Liebe zu finden.

Nun war der achtzehnte Frühling meines Lebens zu Ende und ich machte mir allmählich Sorgen, dass mit mir etwas nicht stimmte, schließlich hatte ich noch nicht eine Beziehung und war noch immer ungeküsst.

Mein bester Freund, Jerry, war der Einzige, mit dem ich darüber sprach, doch der fuhr in den Sommerferien nach Spanien. Wahrscheinlich hatte er dort wieder mal eine Urlaubsaffäre mit einer Kellnerin, der Bademeisterin oder vielleicht mit der Tochter des Hotelbesitzers, von der er mir ausführlich berichten würde.

Und was sollte ich diesen Sommer tun? Ich hatte keine Geschwister und meine Eltern waren zu sehr mit sich beschäftigt, da sie sich nach einer einjährigen Trennung wieder neu verliebt hatten. Bei manchen funktioniert es einfach, aber mir war Amor wohl nicht besonders gut gesonnen.

Also verbrachte ich sechs endlos lange Wochen mit mir und niemandem sonst. Ich dachte schon, dass ich meine Stimme verliere, weil ich kaum mit jemandem redete.

Dass es eine Zeit in meinem Leben geben würde, die viel schlimmer werden sollte als diese, konnte ich mir beim besten Willen gar nicht vorstellen.

Am Anfang der dritten Ferienwoche kam eine Postkarte aus Spanien an. Jerry hatte sich wie immer keine große Mühe gegeben die Karte ordentlich zu schreiben, aber ich konnte schon nach einer halben Stunde alles entziffern.

„Hey Dan, du glaubst nicht, wen ich hier kennengelernt habe! Sie heißt Gabriela und arbeitet in einem Aquarium. Ist das nicht spannend? Ich glaube ich habe mich verknallt! Schade, dass du sie nicht kennenlernen kannst. Meine Eltern finden sie auch supernett und gehen heute mit uns Essen. Sonst ist es hier auch ok. Ich hoffe du langweilst dich nicht zu sehr. Jerry"

Ok, doch nicht die Tochter des Hotelbesitzers. „Sonst ist es hier auch ganz ok"? Ich hätte alles gegeben, um dort zu sein. Aber so war Jerry, nie ganz zufrieden.

Jeden Morgen fragte ich mich, warum ich eigentlich aufstehen sollte. Einen Tag blieb ich einfach im Bett liegen und schaltete den Fernseher an, doch das Hungergefühl machte es mir nicht gerade leicht. Gegen den Willen meines Magens blieb ich trotzdem faul und lustlos im Bett liegen. Irgendwann kam meine Mutter und brachte mir Frühstück. Es wunderte mich, dass meine Eltern überhaupt bemerkt hatten, dass ich noch nicht aufgestanden war und jetzt bekam ich sogar mein Frühstück ans Bett?

„Geht's dir nicht gut, Daniel? Du bist die ganze Zeit schon so still und jetzt stehst du nicht mal mehr auf."

Sie klang tatsächlich etwas besorgt.

„Ich weiß nicht."

Erwartete sie im Ernst, dass ich ihr die Wahrheit sage?

„Das glaube ich dir nicht. Ist es wegen eines Mädchens?"

„Nein."

„Das glaube ich dir auch nicht."

„Es stimmt aber. Es ist nicht wegen eines Mädchens."

„Aha! Dann gibst du also zu, dass etwas mit dir nicht stimmt?"

„Ich... äh."

„Wusste ich es doch!"

Ich hatte meiner Mutter nicht zugetraut, dass sie mich so gut durchschauen konnte. Neben meiner Verwunderung bekam ich jedoch Angst, dass sie mich zu gut durchschaut hatte. Ich wollte ihr nicht mehr erklären als unbedingt nötig, um sie wieder loszuwerden.

„Es hat nur im Entferntesten etwas damit zu tun", nuschelte ich.

„Du machst dir Sorgen, dass du dich niemals verliebst, habe ich nicht Recht?"

In dem Moment konnte ich nicht anders als sie mit offenem Mund anzustarren. Ich konnte nicht glauben, dass sie alles durchschaut hatte. Jetzt musste ich ihr wohl oder übel alles genau erklären. Ich holte tief Luft, als sie wieder zu sprechen begann.

„Ich sehe schon, dass du nicht darüber reden willst, aber lass dir eins gesagt sein: Anderen geht es genau wie dir. Jeder verliebt sich irgendwann mal. Glaub mir, du wirst dich auch noch verlieben. Manchmal geht das schneller als man denkt."

Dann ging sie aus dem Zimmer und nahm zu meinem Entsetzen mein Frühstück wieder mit hinaus. Glücklicherweise kam sie ein paar Augenblicke später schon wieder zurück in mein eigenes Zimmer.

„Oh, entschuldige! Iss erst mal was und dann steh endlich auf. Wenn du im Bett liegen bleibst, lernst du nie jemanden kennen."

In diesem Moment musste ich ihr leider Recht geben. Gerade schlug ich die Bettdecke zurück, als mich ein lautes Knurren an meinen schrecklich leeren Magen erinnerte. Ich stürzte mich also zunächst auf das Brötchen, um mich schließlich dem Pudding zu widmen; dem köstlich duftenden, noch warmen Schokoladenpudding. So etwas musste man genießen, also lag ich noch eine halbe Stunde länger im Bett. Die ganze Zeit spukten die Worte meiner Mutter in meinem Kopf herum. Sie hatten mich zwar beruhigt, aber sie hatten mir auch etwas klar gemacht, das mir weniger gefiel: Ich musste mich selbst bemühen, wenn ich eine Freundin finden wollte.

Die letzten Jahre hatte ich daran geglaubt, dass die Richtige mich finden würde und nun beschäftigte ich mich das erste Mal mit dem Gedanken, dass auch ich etwas dazu beitragen musste. Ist das kompliziert! Ich sollte ein Buch schreiben: „Die Leiden des jungen Dan".

Bei meinen schulischen Leistungen würde das allerdings eher in die Hose gehen. Alle Lehrer, die ich bis jetzt im Deutschunterricht hatte, sahen nach dem ersten Aufsatz schwarz.

Wahrscheinlich schrieben sie unter meine Klausur eine Sechs, ohne den Text durchgelesen zu haben.

Auf einmal war ich mit meinen Gedanken wieder bei Frau Unbekannt. Wie sollte ich es nur anstellen jemanden kennen zu lernen und sie dann auch noch auf mich aufmerksam zu machen. Wie geht das nur?

„Denk nicht so viel nach, das bringt sowieso nichts."

Erschrocken sah ich zur Tür, in der erneut meine Mutter stand.

„Woher willst du denn wissen, dass ich nachdenke?"

„Erstens habe ich nach unserem Gespräch nichts anderes erwartet und zweitens starrst du schon eine ganze Weile den Löffel mit Pudding an, isst ihn aber nicht."

Upps, das stimmte auch noch! Schnell steckte ich mir den Löffel in den Mund.

Meine Mutter bedachte mich mit einem Lächeln und verließ erneut mein Zimmer. Sie kannte mich besser als mir lieb war, obwohl wohl jeder die Geste mit dem Löffel hätte deuten können.

Jemand, der minutenlang einen Löffel anstarrt, hat seine Gedanken ganz wo anders.

Wenig später raffte ich mich auf und stieg aus dem Bett. Im Badezimmer sah ich zum ersten Mal an diesem Tag auf die Uhr. Es war bereits zwei Uhr nachmittags. Was sollte ich nun mit dem Rest des Tages anfangen? Wo sollte ich anfangen zu suchen? Würde ich bald jemanden kennenlernen?

Viele dieser Fragen schwirrten mir im Kopf herum, während ich mein Spiegelbild betrachtete. Lag es vielleicht an meinem Äußeren?

Ich hatte glatte fast schwarze Haare, braune Augen und eigentlich fand ich mich nicht zu dick. Ich war sogar recht sportlich, da ich morgens gerne joggen ging. Was also konnte ich verändern? Würde ich zu viel wiegen hätte ich eine Diät machen können, aber ich war nicht der Meinung, dass das nötig war.

Vielleicht hatte meine Mutter Recht und ich sollte lieber nicht zu viel darüber nachdenken. Es war wie in der Schule. Wenn ich in einer Arbeit saß und zu viel über das nachdachte, was ich schreiben sollte, fiel mir nie etwas ein.

Ich vertraute nun also darauf, dass es sich von allein entwickelte und dass meine Mutter Recht behielt. An diesem Tag jedoch stellte sich noch kein Erfolg ein und ich ging deprimiert und enttäuscht ins Bett. So ging es die nächsten zwei Wochen. In der letzten Ferienwoche kam dann endlich Jerry zurück und besuchte mich gleich am nächsten Tag. Ich musste mir zwar anhören wie großartig die Zeit mit Gabriela war und so weiter und so fort, doch schließlich unterbrach er seinen Redeschwall und fragte mich nach meinen Ferien. Er hörte mir aufmerksam zu und versuchte mich aufzumuntern. Versuchte! Letztendlich waren es genau die Worte meiner Mutter.

„Du musst einfach mehr unternehmen. Wenn du ständig in der Bude hockst, müsste sie dich ja in deinem Zimmer besuchen, damit ihr euch kennenlernt."

Während er das sagte, sah er mich nicht ein einziges Mal an. Das hasste ich an Jerry. Ich fühlte mich nie wohl dabei, mit jemandem zu reden, der vollkommen abwesend zu sein schien. Wie oft hatte ich ihn darauf angesprochen? Leider war ich jedes Mal nicht sonderlich erfolgreich.

Es folgten noch weitere Sätze, die von meiner Mutter hätten kommen können und dann, auf einmal, hob Jerry seinen Kopf und sah mich an.

„Ich will in drei Tagen meinen Geburtstag feiern. Du kommst doch auch, oder?"

Ich war noch so erstaunt, dass Jerry mich gleichzeitig angesehen und mit mir geredet hatte, dass ich etwas Zeit brauchte, um auf seine Frage zu antworten.

„Äh, klar", sagte ich auf seinen fragenden Blick hin.

„Sehr gut!"

Er stand auf, nahm seine Jacke, die vom Regen furchtbar nass war, von der Heizung und ging auf die Tür zu. Ich folgte ihm hinunter in den Flur bis zur Haustür.

„Dann sehen wir uns Freitag um 22 Uhr bei mir?"

„Ja", antwortete ich und konnte die Vorfreude nicht unterdrücken. Jerrys Geburtstagspartys waren immer unvergesslich. Man konnte sich nie die Namen aller Anwesenden merken, weil es so viele waren. Vom letzten Jahr hatte ich mir nicht einen gemerkt.

Als Jerry außer Sichtweite war, schloss ich die Tür, zog mir Schuhe und Jacke an und öffnete die Tür wieder. Ich musste unbedingt noch ein Geschenk für Jerry besorgen und in fünf Minuten fuhr der letzte Bus in die Stadt.

Vollkommen außer Atem erreichte ich die Bushaltestelle, die kaum erkennbar unter einer großen Eiche positioniert war. Im Sommer freute ich mich immer über den Schatten, den sie spendete, genau wie jetzt. Ich hoffte der Bus würde sich verspäten, damit ich mich noch ein wenig unter diesem schönen alten Baum ausruhen konnte. Natürlich wurde meine Bitte nicht erhört und der Bus kam schon eine Minute später auf mich zu gefahren. Warum müssen die auch immer pünktlich kommen, wenn man es am wenigsten gebrauchen kann? Zum Glück hatte der Busfahrer die Klimaanlage angeschaltet, denn sonst wäre ich wahrscheinlich ganz geschmolzen.

Es war ein sehr ungewöhnlich warmer Herbsttag, gar nicht wie die Tage zuvor.

Vielleicht war das ein Zeichen, dass mein Leben von jetzt an besser verlaufen würde. Doch zu dem Zeitpunkt, als ich dort im Bus saß, wusste ich noch nicht, dass es später ein Gewitter geben sollte. In der Stadt angekommen stieg ich aus dem Bus und schlenderte durch die kleinen gemütlichen Gassen von Stade. Hier fühlte ich mich immer wohl. Die Läden waren eng aneinandergereiht, die Wege waren mit alten Steinen gepflastert und auf ein Café folgte sofort ein anderes.

Normalerweise ging ich immer einen Eiscafé trinken, aber an diesem Tag hatte ich mir vorgenommen nur nach einem Geschenk für Jerry zu gucken. Also schaute ich in ein Schnick-Schnack-Geschäft nach dem anderen. Ich wusste, dass es eigentlich egal war, was ich Jerry schenkte, aber ich wollte trotzdem etwas finden, das ihm gefiel.

Ein Caipirinha-Glas hatte ich ihm letztes Jahr geschenkt und davor eine afrikanische Trommel, da er in den Sommerferien in Afrika gewesen war.

Letztendlich entschied ich mich für ein dickes Fotoalbum, in welches er die schönsten Fotos von seinen Reisen einkleben konnte. Ich wusste das würde ihm gefallen.

Vollkommen zufrieden mit mir machte ich mich auf den Weg zum Busbahnhof und da fing es auch schon zu blitzen an. Ich schaute erschrocken in den

Himmel hinauf und blieb abrupt stehen. Ich war in Gedanken schon bei Jerrys Party gewesen und hatte gar nicht bemerkt, dass es so dunkel geworden war.

Gerade wollte ich mich aus meiner Starre befreien, als aus einer kleinen Nebengasse ein Junge gelaufen kam und mich zu Boden warf.

„Oh, sorry, tut mir leid!", entschuldigte er sich sofort. Ich war sprachlos und bekam nur ein leises „macht nichts" heraus.

Er reichte mir seine Hand und half mir aufzustehen.

„Ist wirklich nichts passiert? Es tut mir so leid!"

„Ja, alles in Ordnung... wirklich", fügte ich mit einem Lächeln hinzu, weil er mich so schuldbewusst ansah.

„Dann ist ja gut! Ich muss dann auch mal wieder weiter."

„Ja, ich auch."

Obwohl meine Knie noch nicht so richtig wollten, ging ich langsam weiter. Als ich mich noch mal umdrehte, war der Junge verschwunden. Er muss ungefähr in meinem Alter gewesen sein, aber sein Gesicht konnte ich nur teilweise erkennen.

In diesem Moment begann es zu regnen und ich lief so schnell es meine Beine erlaubten zur Bushaltestelle. Zu Hause werde ich mich nur vor den Fernseher hocken, dachte ich genervt.

Kapitel 2

Die Tage bis zu Jerrys Geburtstag wollten nicht umgehen. Besonders der letzte Tag war eine Herausforderung für meine Nerven. Ich bin nur kurz in die Stadt gefahren, um etwas für das Mittagessen zu besorgen, aber natürlich hatten sie nicht das, was ich eigentlich wollte und die Schlange an der Kasse war auch unendlich lang. Auf dem Rückweg wäre ich noch fast vom Fahrrad gefallen, als mir ein Hund vor mir die Seite auf dem Gehweg geändert hatte und ich beinahe in die Leine gefahren wäre. So kam alles zusammen und war für den Tag wirklich nicht mehr zu gebrauchen. Meine Eltern waren an diesem Tag nicht zu Hause und ich musste allein essen. Ich hasse es allein zu sein. Diese Stille, die das Haus durchzog, konnte einem glatt Angst einjagen, also machte ich mir ganz laut Musik an, setzte mich aufs Sofa und wartete auf das Ende dieses furchtbaren Tages.

Gegen Abend kamen meine Eltern wieder und fanden mich wie jeden Tag schlafend im Wohnzimmer.

Sie bemühten sich zwar leise zu sein, aber ich wachte trotzdem kurz danach auf.

Ich wollte eigentlich noch weiterschlafen, also ließ ich die Augen geschlossen und döste vor mich hin. In der Dunkelheit tauchten verschiedene Gesichter auf und sobald ich sie näher betrachtete verschwammen sie wieder. Da war Jerry, der mein Geschenk auspackte, dann meine Eltern, die versuchten mich aufzumuntern und schließlich der Junge aus der Stadt.

Sofort öffnete ich die Augen und erschreckte meine Mutter zu Tode, die sich gerade über mich gebeugt hatte.

„Oh Gott! Ich dachte du schläfst!"

„Habe ich auch, bis ihr mich geweckt habt!"

Eigentlich wollte ich gar nicht genervt klingen, aber ich hatte meine Gefühle in dem Moment nicht wirklich unter Kontrolle: mein Herz raste geradezu und ich hatte keine Ahnung was das zu bedeuten hatte. Ich hatte wohl gerade an Jerrys Geburtstag gedacht und die Begegnung mit diesem Jungen nur mit seinem Geschenk in Verbindung gebracht. So musste es gewesen sein, so und nicht anders. Und was hatte dieses trommelnde Gefühl in meiner Brust für eine Bedeutung? Ich schob es darauf, dass meine Mutter mir ebenfalls einen Schreck eingejagt hatte. Ich hatte keine Ahnung...

„Willst du was essen? Wir wollen Pizza bestellen", fragte meine Mutter und in ihrer Stimme war keine Spur von Beleidigung oder Ärger zu entdecken. Entweder hatte sie den aggressiven Unterton nicht so deutlich gehört wie ich, oder sie wusste schon wieder mehr als mir lieb war. Okay, wohl eher Letzteres! Das Wort „Mitleid" stand ihr schon fast auf die Stirn geschrieben.

„Also? Spuck es schon aus! Was willst du mir sagen?", fragte ich sie, damit ich so schnell wie möglich wieder allein war. Doch langsam entwickelte ich ein gewisses Interesse für die Ratschläge meiner Mutter, welches neben Frust und Lustlosigkeit in meiner Stimme mitklang. Leider blieb meine Neugier an diesem Abend unbefriedigt, denn die einzige Antwort, die ich bekam, war: „Ich habe dir nichts mehr zu sagen, als ich schon gesagt habe. Willst du nun eine Pizza?"

Verdattert sah ich sie an und schüttelte den Kopf. Nach essen war mir nun nicht zumute und das Schlafen konnte ich jetzt auch vergessen. Mir grauste davor auch nur einen Gedanken an diesen Jungen zu verschwenden, sobald ich die Augen wieder schloss. Ich würde heute Abend stundenlang nicht einschlafen können. Aber morgen war ja endlich Jerrys Geburtstagsparty und ich hoffte auf einen erholsamen Tag; die Sommerferien, meine Depressionen, den Jungen aus der Stadt, all dies wollte ich aus meinem Leben streichen, und mit dieser neu gefassten Zuversicht schaffte ich es schließlich auch einzuschlafen. Trotzdem hatte ich viele Träume gehabt.

Mit einem lauten Kikeriki weckte mich am nächsten Morgen der Wecker meines Handys. Es war doch erst neun Uhr morgens, wer um alles in der Welt hatte es gewagt den Wecker so früh zu stellen? Ich war es nicht, auch wenn das sehr naheliegend erschien!

Grinsend kam mir mein Vater im Bad entgegen. Ja, das hätte ich mir auch denken können! Mein Vater war ein Witzbold wie er im Buche steht. Auch wenn die meisten seiner Opfer nicht sonderlich von seinen Streichen begeistert waren, kam er einfach nicht davon los.

„Ja. Haha! Sehr lustig!", murmelte ich schnippisch, konnte mir ein Lächeln jedoch nicht verkneifen. Jeder, der meinen Vater kannte, würde diese Reaktion verstehen!

Und trotzdem empfand ich diesen Morgen nicht als gelungenen Tagesbeginn, vor allem nicht für diesen Tag, auf den sich jede Faser meines Herzens freute.

Missmutig watschelte ich wenige Minuten später in die Küche, in der zu meinem Entsetzen der Junge aus der Stadt saß. Er wandte mir sein Gesicht zu, doch außer Schatten und wagen Konturen vermochte ich nichts zu erkennen. Einen Moment lang redete ich mir ein funkelndes Auge gesehen zu haben sowie ein schelmisches Grinsen. Ich machte sofort auf dem Absatz kehrt und verschwand in mein Zimmer.

Keuchend ließ ich mich an der geschlossenen Zimmertür herabsinken, starrte an die Decke und lauschte dem Klopfen meines Herzens. In meinem Kopf schwirrten unendlich viele Fragen herum, von denen ich nicht mal eine in Gedanken ausformulieren konnte, ohne dass sich schon die Nächste dazwischendrängte. Mir wurde schwindelig und alles vor meinen Augen verschwamm und wurde schwarz.

Schweißnass wachte ich auf, ich lag in meinem Bett und die Decke auf dem Fußboden. Der kleine Zeiger der Uhr, die auf meinem Nachttisch stand, zeigte auf neun. Sofort sprang ich auf und lief im Flur meinem Vater in die Arme. Irritiert von meinem verstörten Gesichtsausdruck folgte er mir hinunter in die Küche, in der, zum Wohle meiner Gesundheit, nur meine Mutter stand.

Erschöpft und erleichtert zugleich ließ ich mich auf unsere Esszimmerbank plumpsen.

„Habe ich das nur geträumt, oder saß eben noch ein fremder Junge in unserer Küche?"

Ich wollte nur sicherstellen, dass es wirklich nur ein Traum gewesen war.

„Natürlich war kein Fremder in unserer Küche", sagte meine Mutter mit einem Blick, als wolle sie mich noch heute einweisen.

„Geht es dir gut?", fragte mein Vater, eher belustigt als ernst. Ich musste aber auch eine schauspielerische Glanzleistung hingelegt haben, wie ich in dem Bruchteil einer Sekunde aus meinem Zimmer nach unten gestürmt war.

Dieser Terror war unerträglich! Was hatte mir dieser Junge nur angetan, dass ich nur noch an ihn dachte?!

Mal wieder hoffte ich auf Jerrys Geburtstagsfeier.

Um 21:30 Uhr konnte ich nicht länger warten und ging schon mal Richtung Jerrys Haus, obwohl ich höchstens 15 Minuten brauchen würde. Dann bin ich eben zu früh, sagte ich mir, als ich so durch die Straßen schlenderte. Die Ereignisse der letzten Tage hatten es tatsächlich geschafft mich mit schlechter Laune auf den Weg zu Jerry zu machen.

Leise pfiff ein Wind durch die Baumkronen, kaum hörbar, aber da, wie Stimmen, die auf mich einredeten. Doch ich konnte kein Wort verstehen. Dieser Wind, obwohl nicht kalt, ließ mich frösteln und mir war, als wollte er mich vor etwas warnen. Schon lange bevor ich von zu Hause aufgebrochen war, ist die Sonne, auf ein Wiedersehen am nächsten Morgen, hinter dem Horizont verschwunden. Die Straßenlaternen beleuchteten mir nun den Weg, der mir unendlich lang und schmal vorkam, als würde ich abstürzen, wenn ich auch nur einen falschen Schritt wagen sollte. So führte er mich unausweichlich auf das zu, vor dem mich der Wind warnte. Ich fühlte mich von der ganzen Welt verraten, besonders aber von meinen Träumen. Jeder hat doch einen Traum, dem er nacheifert, nach dem er sein Leben ausrichtet. Wie soll man aber auf die Erfüllung dieses Traumes hoffen, wenn man nachts von seinem schrecklichsten Abbild geweckt wird, wenn sich Wunsch und Angst so eng verbinden?

Ich wehrte mich gegen diese Fragen, denn ich wollte mich einzig und allein auf den Geburtstag meines besten Freundes konzentrieren, auf den ich mich mal gefreut hatte. Den Blick gesenkt und mit schnellem Schritt lief ich dem Ziel entgegen. Meine Füße benötigten die Führung meiner Augen nicht, genauso wenig wie den immer stärker werdenden Rückenwind.

Völlig zerzaust kam ich schließlich bei Jerry an und hatte, wie schon befürchtet, keine Lust mehr länger da zu bleiben. Ich hatte einfach ein ungutes Gefühl. Zu meinem Entsetzen hatte der Wind auch noch sofort, nachdem ich Jerrys Haus betreten hatte, wieder nachgelassen. Von Schuhen und Jacke befreit saß ich schließlich neben Jerry auf seinem Sofa und sah ihm beim Geschenkeauspacken zu. Geübt streifte er das Geschenkband ab und öffnete die Hülle aus Papier. Hervor kam eine CD, von deren Interpreten ich noch nie etwas gehört hatte, aber Jerry schien sie sehr zu mögen. Die Gruppe kam aus England, wie ich später erfuhr, und Jerry hatte sie einmal live spielen sehen. Hoffentlich gefällt ihm mein Fotoalbum auch, dachte ich als er mein Geschenk in die Hände nahm und dasselbe Ritual vollzog wie beim vorigen Päckchen.

Meine Vorahnung wurde nicht enttäuscht: er freute sich wirklich, aber freute er sich über das Geschenk oder darüber, dass es von mir war? Jedes Jahr das gleiche!

Mitten im Auspacken klingelte es an der Tür und Jerry bat mich dem Besucher zu öffnen.

„Das ist sicher Ryan", sagte er knapp und wendete sich erneut seinen Geschenken zu. Ryan, ein ungewöhnlicher Name, aber sehr schön, befand ich. Bestimmt kommt er wie Jerry aus England.

Ich quälte mich aus der Sitzkuhle des Sofas, ich hatte es mir gerade gemütlich gemacht, verließ das Wohnzimmer und schlenderte lustlos Richtung Haustür. Meine Laune hatte sich schon etwas gebessert, aber als die Tür aufschwang erreichte sie ihren tiefsten Tiefpunkt. Erstarrt stand ich da und vermochte nicht auch nur einen Muskel zu bewegen. Dem Jungen, der in der Tür stand, schien es nicht viel besser zu ergehen, aber er machte schließlich den ersten Schritt. Natürlich! Er hatte sicherlich keine merkwürdigen Alpträume seit unserer letzten Begegnung gehabt.

„Hallo", sagte er grinsend, „schön dich wiederzusehen. Ich bin Ryan."

„Hi, ich bin Dan."

Er musste mich für bescheuert halten. Nicht mal einen vernünftigen Satz brachte ich hervor, ohne dass man denken konnte ich hätte eine Gesichtslähmung, oder wie er es auch immer interpretierte.

„Darf ich reinkommen oder bist du mir noch böse, dass ich dich umgerannt habe?" Immer noch zierte ein Lächeln sein Gesicht, in dessen Erkundung ich nun versank. Nun kenne ich dein Gesicht und deinen Namen! Warum diese Feststellung meine Laune plötzlich anhob, und meine Starre löste, konnte ich mir beim besten Willen nicht erklären. Er sah mich fragen an, aber ich war immer noch damit beschäftigt sein Äußeres genau zu untersuchen. Er war ein wenig größer als ich, hatte hellbraune zum Teil lockige Haare, die bis kurz über die Ohren reichten und grüne Augen. Endlich konnte ich mir ein genaues Bild von ihm machen und ihn auch mal zur Tür hereinlassen.

„Klar, kannst du reinkommen, ist ja schließlich Jerrys Haus und seine Feier. Außerdem bin ich dir auch nicht mehr böse, wieso auch?" Ich lächelte ihn an und ließ ihn ins Haus. Während er sich von seiner warmen Jacke und den Stiefeln befreite sah ich ihm gespannt zu, ich konnte den Blick nicht von ihm abwenden und ihn schien es nicht mal zu stören. Ich war mir sicher, dass er es bemerkt hatte, aber wie gesagt ließ es ihn völlig kalt. Vielleicht gefiel es ihm sogar, denn er lächelte und legte den Arm um mich, als wir ins Wohnzimmer gingen. Ich musste ungefähr die Farbe einer Tomate angenommen haben, fühlte mich allerdings pudelwohl. Jerry schien die Situation nicht so ganz zu verstehen.

„Wie jetzt? Ihr kennt euch?" Er hatte natürlich erwartet, dass wir uns vollkommen fremd sind und das hier widersprach einfach allem.

„Na ja, ein bisschen... eigentlich gar nicht", versuchte Ryan die Sache zu erklären, aber Jerry sah noch immer unbefriedigt aus.

„Klar, genau, jetzt weiß ich über alles Bescheid... eigentlich gar nicht", machte er Ryan nach und alle brachen in ein sehr lautes Lachen aus.

„Also eigentlich war das so", begann ich die Geschichte erneut, „ich habe in der Stadt dein Geschenk gekauft und bin in einer Nebengasse stehengeblieben, weil mich das Gewitter überrascht hat. Dann kam er aus einer anderen Gasse gelaufen und hat mich zu Boden geworfen."

„Wie romantisch!", neckte Jerry, er hatte unsere Ankunft im Wohnzimmer wohl noch nicht vergessen.

Beide gleichzeitig stürzten Ryan und ich auf Jerry zu und rissen ihn zu Boden. Die Umstehenden bildeten sofort einen Kreis, als ob wir eine Schlammschlacht machen würden und kreischten alle wild durcheinander.

„Und so hat das dann ungefähr ausgesehen", witzelte Ryan.

„Dann kann ich aber nicht nachvollziehen, warum Dan dir verziehen, hat", sagte Jerry und fasste sich an den Hinterkopf.

Wir halfen ihm wieder hoch und quetschten uns nun zu dritt aufs Sofa. Ich saß in der Mitte und war durchaus zufrieden damit. Meinen besten Freund auf der einen Seite und ... tja, was auch immer Ryan für mich war auf der anderen. Der Abend hatte sich doch noch positiv entwickelt und das durch den Faktor, der die Atmosphäre hätte stören müssen. Ich war glücklich, dass nicht immer alles so kommt wie man es erwartet hatte. Zudem war ich aber etwas traurig, dass dieser Geburtstag sich von den Vorigen unterschied, da ich mir dieses Mal zumindest einen Namen merken würde: Ryan.

In dieser Nacht schlief ich sehr gut und so entspannt wie schon lange nicht mehr.

Kapitel 3

Die nächsten Tage vergingen, ohne dass etwas Großartiges geschah, ich konnte absolut nichts mit mir anfangen. Da hast du einen Abend richtig Spaß am Leben und an den Tagen danach kommt es dir so vor, als müsstest du dafür bezahlen, wer will denn da noch glücklich sein?!

Ich saß abwechselnd auf dem Sofa oder meinem Bett, schnappte mir ein Buch aus dem Regal, fing an zu lesen, legte es wieder weg, schaltete den Fernseher an und wieder aus und entschied mich schließlich für das allseits beliebte „Rumgammeln". So hatte ich mir das nun nicht vorgestellt. Am Samstagmorgen hatte ich voller Entsetzen festgestellt, dass ich von Ryan nur den Namen kannte, und dass er tatsächlich, wie Jerry aus England kommt.

Sie hatten sich auf einem Stadtfest kennengelernt, als Ryan Jerry versehentlich seine Zuckerwatte ins Gesicht gehalten hatte. Ryan schien neue Freunde immer auf dieselbe Weise kennen zu lernen, durch einen „Unfall". Ich musste zwangsläufig kichern als Jerry mir diese Geschichte erzählte und Ryan warf mir sofort einen halb entschuldigenden halb belustigten Blick zu.

Aber nun war dieser Spaß vorbei und ich hatte keine Ahnung, ob ich Ryan überhaupt jemals wiedersehen würde. Immer wieder stellte ich mir die Frage, warum mir so viel daran lag. Wenn man sich als Junge nach einem anderen Jungen sehnt, bekommt man natürlich sofort Angst schwul geworden zu sein, aber das wollte ich mir gar nicht erst einreden. Und wenn es doch so war? Tatsächlich hatte ich in letzter Zeit keinen einzigen Gedanken an mein voriges Problem verschwendet. Vielleicht hatte ich einfach genug davon gehabt und mich unterbewusst nach etwas Anderem umgesehen. Es war doch vollkommen unmöglich vom einen auf den anderen Tag schwul zu werden, das konnte einfach nicht stimmen. In jedem Ratgeber über die Pubertät lässt sich dieses Verhalten nachlesen. Mit der Frage, wann die Pubertät eigentlich beendet ist, beschäftigte ich mich erst gar nicht.

Ich hatte definitiv zu viel Zeit zum Nachdenken. Am Donnerstag sollte die Schule wieder beginnen und ich hatte erstaunlicherweise nichts dagegen einzuwenden, da mir diese komischen und quälenden Fragen durch den Schulstress hoffentlich erspart bleiben würden.

Doch die Liebe lässt sich nicht einfach verdrängen, egal ob sie ehrlichen Gefühlen oder schmerzhafter Sehnsucht entspringt, und dass es sich bei dem, was ich empfand um wahre und natürliche Liebe handelte, die sich seit jenem Tag in der Stadt in mein Herz gefressen hatte, wurde mir nur wenige Tage nach Schulbeginn bewusst.

Meine Pläne, nach einer Freundin Ausschau zu halten, hatte ich natürlich vollkommen vergessen, obwohl ich einmal daran gedacht hatte, als ich mir über mein Verhältnis zu Ryan klar werden wollte. Und jetzt, da ich keine Gedanken mehr daran verschwendete, kam ein Mädchen auf mich zu und fragte mich, ob ich zu ihrer Geburtstagsfeier kommen würde. Ich hatte vorher nur flüchtig mit ihr geredet, aber trotzdem schien sie der Meinung zu sein, wir würden uns gut kennen.

Ich habe ihr abgesagt, obwohl ich auf so eine Chance mein ganzes Leben gewartet hatte. Vor ein paar Wochen noch hätte ich Freudensprünge gemacht und die Einladung auf jeden Fall angenommen. Aber nun bedeutete mir das alles gar nichts und als Jerry mich fragte, was dieses Mädchen von mir wollte, wurde mir Ryans Einfluss auf meine Gefühlswelt erst bewusst. Ich hatte es zwar schon geahnt, aber nun gestand ich es mir endgültig ein. Meine Augen weiteten sich und meine Sätze wurden zunehmend unvollständiger.

Jerry musste das bemerkt haben und ich bekam auf einmal wahnsinnige Angst, dass er sich von mir abwenden würde, wenn er erfuhr, dass ich mich in einen Jungen verliebt hatte, noch dazu in einen seiner Freunde. Meine Stimme war inzwischen verstummt und ich saß nur da und starrte Jerry an. Wie hatten uns an einen Tisch in der Pausenhalle gesetzt, da wir zwei Freistunden vor uns hatten, aber keiner sprach, beide saßen wir uns nur schweigend gegenüber.

Die Pause war vorbei und die Schüler drängten die Treppen hinauf, um sich auf die verschiedenen Unterrichtsräume zu verteilen. Minuten vergingen, oder waren es doch nur Sekunden, bis sich die Pausenhalle geleert und vollkommene Stille um uns ausgebreitet hat. Auf einmal sah Jerry auf und stellte mir leise eine Frage, fast im Flüsterton, und mir kam es so vor, als hätte ihn diese Frage schon länger beschäftigt.

„Sag mal, Dan, hat das, was mit Ryan irgendwie zu tun?"

Ich hatte richtig gedacht. Jerry hatte es herausgefunden und würde nie wieder mit mir sprechen, ich würde meinen besten Freund verlieren, den Einzigen, mit dem ich reden konnte.

„Ja, ich denke schon."

Diesmal war ich es, der sprach, ohne seine Gegenüber anzusehen. Ich konnte es nicht. Es wäre unmöglich für mich seinem Blick standzuhalten.

„Du liebst ihn, habe ich Recht?"

„Ja."

„Dan", er machte eine Pause und ich befürchtete schon das Schlimmste, „für mich ist das ok."

Mein Herzschlag setzte für einen Augenblick aus. Ich war verwirrt und überglücklich zugleich. Jerry würde weiterhin mit mir sprechen, er würde mein bester Freund bleiben? Das hätte ich nicht für möglich gehalten. In letzter Zeit war einfach zu viel schief gegangen.

Endlich hob ich meinen Blick und strahlte Jerry an.

„Du findest das nicht abstoßend oder eklig? Er ist immerhin ein Freund von dir!"

„Ich denke es ist am wichtigsten, was du denkst und fühlst. Warum sollte ich etwas dagegen haben? Und außerdem weiß ich, dass du es ehrlich meinst. Aber Ryan weiß noch nichts, oder?"

„Nein, und das soll auch so bleiben, bitte, bitte Jerry!"

„Ich werde ihm nichts sagen, aber meinst du nicht er sollte es wissen? Du quälst dich doch nur, wenn du das in dich reinfrisst und du weißt doch gar nicht, ob er nicht das gleiche fühlt wie du."

„Doch, das weiß ich! Glaubst du im Ernst, dass ich mal Glück habe und sich der, den ich liebe auch in mich verliebt hat? Es gibt Schwule doch nicht wie Sand am Meer!"

„Nein, das kannst du nicht wissen! So, wie ihr an meinem Geburtstag ins Zimmer gekommen seid und wie ihr euch amüsiert habt, würde ich das nicht ausschließen."

„Ich sag es ihm aber trotzdem nicht, da kannst du dich auf den Kopf stellen!"

„Du tust ja, als ob es an mir wäre die Entscheidung zu treffen. Das musst du schon tun. Ich wollte dir nur auf den richtigen Weg helfen, dir deine Rechte erläutern."

Er grinste mich an und sofort war unser lächerlicher kleiner Streit beendet. Jerry war ein Fan von allen möglichen Krimiserien und ließ keine Gelegenheit aus verschiedenen Zitaten in ein Gespräch einzubringen.

Aber er hatte Zweifel in mir geweckt, was Ryan betraf. Wenn ich daran dachte es ihm zu sagen, wurde mir schlecht. Allerdings lag Jerry schon richtig, als er sagte ich würde mich nur quälen. Verliebtsein hatte ich mir anders vorgestellt, schöner, unbeschwerlicher, einfach leichter. In diesem Moment änderte sich meine Einstellung zur Liebe, die ich Jahre lang aufrechterhalten hatte und dies veränderte auch mich selbst. Mein bisheriges Leben war dem Ziel gefolgt, die wahre Liebe zu finden, aber jetzt, da ich verliebt war, wusste ich nicht weiter, ich fühlte mich leer. Nicht zu wissen, woran man ist, ist schlimmer als alles andere! Liebt er mich? Will er mich wiedersehen? Hat er genug von mir? Bin ich schon wieder abgeschoben? Den ganzen Tag saß ich da, überlegte, war dem Weinen nahe und nichts vermochte mich aufzumuntern. Ich hatte weder Hunger, noch sehnte ich mich nach Gesellschaft, außer der von Ryan. Doch die würde ich nicht bekommen. Ich ging schon so weit, dass ich im Internet versuchte eine Adresse, eine Telefonnummer oder zumindest einen Nachnamen herauszufinden. Noch vor Kurzem hatte ich mir eingeredet, dass ein Lächeln, der Besuch eines Freundes oder ein guter Film die Laune erheblich anheben konnten, jedoch brachte ich kein Lächeln hervor, kein Freund außer Jerry besuchte mich und der wusste nicht, was er mit mir reden sollte und im Fernsehen kamen nur Filme, die sich ausgiebig mit allen möglichen Problemen beschäftigten. Überhaupt ist mir zu der Zeit aufgefallen, dass es kaum einen Film ohne Liebesinhalt gibt, genau so auch bei Musik. Egal ob ich das Radio oder den Fernseher anschaltete, immer erinnerten mich die Texte an mich und mein Unglück. Zum Beispiel der Film „Moulin Rouge": *„Never knew I could feel like this... I want to vanish inside your kiss, every day I love you more and more... Come what may, I will love you until my dying day... Suddenly the world seems such a perfect place."*

So was lief ständig im Radio und natürlich kamen zu dem Zeitpunkt auch die schnulzigsten Filme im Fernsehen. Die Schule tat mir zu dem Zeitpunkt sehr gut, da ich versuchte mich auf den Unterricht zu konzentrieren, um meine Noten zu verbessern und für einige Stunden gelang es mir tatsächlich Ryan zu vergessen. Zwei Monate Schule vergingen wie im Flug und als die Herbstferien näher rückten, überkam mich ein scheußliches Panikgefühl. Den ganzen langen Tag würde ich zu Hause hocken und viel zu viel Zeit zum Nachdenken haben. Ich konnte den ganzen Tag lernen, aber wenn ich die Schulatmosphäre nicht um mich hatte, fiel mir dies wesentlich schwerer. Wie erwartet saß ich also nur in meinem Zimmer, wusste nichts mit mir anzufangen und hatte ununterbrochen das Bedürfnis mit jemandem zu sprechen, wollte verstanden werden. Unerwarteterweise fand ich diesen Jemand doch in Jerry.

Da ich sowieso sehr viel Zeit im Internet verbrachte, kam ich auf den Gedanken Jerry eine Mail zu schreiben, die wahrscheinlich locker zwei DIN A4 Seiten einnahmen, und dabei ist mir aufgefallen, dass er so viel offener auf meine Fragen antwortete. Als ich seine Antwort auf meine Mail durchlas, schlich sich doch tatsächlich ein Lächeln auf mein Gesicht! Und es half unglaublich, auch wenn ich danach wieder zu grübeln begann.

Zum ersten Mal nach jenem Tag meiner Erkenntnis fühlte ich mich wieder stark und beschloss Ryan alles zu beichten. Natürlich waren meine Zweifel und meine Angst keinesfalls verschwunden und ob ich das Durchziehen würde war auch fraglich, aber ich hatte es mir zumindest mal vorgenommen und darauf war ich schon verdammt stolz.

Meinen Eltern konnte ich kaum ins Gesicht sehen, da ich befürchtete meine Gedanken seien ein offenes Buch für sie. Wie hätte ich nach den vergangenen Monaten auch anders von meiner Mutter denken können?! Aber wie das nun mal so ist, bemerkten sie es durch mein sehr ungewöhnliches Verhalten schließlich doch und bedachten mich pausenlos mit fragenden Blicken.

Was genau passiert war konnten sie nicht wissen und ich würde ihnen das Buch auch nicht aufschlagen!

So vergingen auch die gefürchteten zwei Wochen der Herbstferien. Es war kaum zu glauben, aber Jerrys Geburtstag lag nun schon über zwei Monate zurück und die Erinnerung an diesen Tag war sehr schmerzhaft für mich. Am Mittwoch, dem letzten Ferientag, beschloss ich schließlich etwas zu unternehmen.

Da ich wie gesagt nur Ryans Vornamen wusste, blieb mir nur Jerry als Informant. Er hatte bestimmt Adresse und Telefonnummer von Ryan. Ohne zu zögern, gab er mir auch beides, sobald ich ihn danach gefragt hatte. Wir waren am Donnerstag nach der Schule zu ihm gefahren und er suchte sofort alles heraus. Er schien sichtliches Interesse an einer Beziehung zwischen zweien seiner Freunde zu haben.

„Warum hilfst du mir eigentlich so?", fragte ich ihn, den Zettel mit der ersehnten Information schon in der Hand.

„Du bist doch mein bester Freund." Er sah mich verständnislos an. „Und außerdem gebt ihr beiden so ein schönes Paar ab! Ich will nicht schon wieder damit anfangen, aber auf der Party..."

„Ja, ich weiß, Jerry", unterbrach ich ihn, bevor er in eine nicht zu stoppende Schwärmerei ausbrach.

„Vielen Dank für die Info, ich werde sehen was sich damit anstellen lässt."

„Wenn das jetzt nicht funktioniert! Schnapp ihn dir!", rief er mir hinterher, während ich die Einfahrt verließ und mich auf den Nachhauseweg machte.

Immer wenn ich diesen Weg von Jerry zu mir, oder andersrum einschlug, musste ich unwillkürlich an Jerrys Geburtstag denken, als mich noch ganz andere Gefühle beschäftigten. Sehr oft wünschte ich mich zu diesem Abend zurück und jetzt da ich eine schwere Aufgabe vor mir hatte ging es mir nicht anders.

Kapitel 4

Jerry hatte mir Ryans Telefonnummer und Adresse gegeben und nun saß ich zu Hause auf meinem Bett, das Telefon in der Hand, die Nummer schon eingetippt und den Daumen zitternd über dem Knopf für Anrufe haltend. Immer wieder gab ich die Nummer neu ein, wenn sie vom langen Warten bereits wieder vom Display verschwunden war.

Jedes Mal war ich kurz davor auf den „grünen Knopf" zu drücken, aber irgendetwas hielt mich ständig zurück. Ich hatte furchtbare Angst, er könnte meine Absichten durchschauen, aber war es nicht eigentlich das, was ich wollte? Schließlich wollte ich ihn doch erreichen, um ihn wiederzusehen. Aber wie würde er reagieren? War es nicht offensichtlich, dass ich mich nicht aus rein freundschaftlichen Gefühlen bei ihm meldete?

Ich legte das Telefon beiseite. Es ist einfach zu offensichtlich! Er würde es sofort durchschauen und nie wieder mit mir sprechen. Jerry war so zuversichtlich gewesen, warum? Natürlich kannte er Ryan schon seit Jahren und konnte ihn viel besser einschätzen, aber er konnte doch unmöglich denken, dass Ryan so für mich empfindet wie ich für ihn!

„Ach verdammt!", fluchte ich und ließ mich rücklings aufs Bett plumpsen.

Auf einmal hörte ich Jerrys Stimme in meinem Kopf.

„Wenn das jetzt nicht funktioniert! Schnapp ihn dir!" In diesem Moment schwappte eine Welle schlechten Gewissens gegenüber Jerry über mich.

Er hatte Ryan und mich auf seiner Geburtstagsfeier gesehen, seine Gedanken aber für sich behalten und mich nicht damit aufgezogen. Er hatte mir zugehört, meine Gefühle akzeptiert und mir Ryans Adresse und Telefonnummer gegeben. Nun erwartete er von mir, dass ich seine Hilfe auch gebrauchen würde und mit Ryan Kontakt aufnahm, aber stattdessen saß ich in meinem Zimmer und war zu feige ein einfaches Telefonat zu führen, aus Angst vor den Konsequenzen.

Ich nahm das Telefon wieder in die Hand, wählte die Nummer und rief auch tatsächlich an.

Tut... tut...

Meine Hände wurden klitschnass und dann meldete sich endlich eine Stimme.

„Dieser Anschluss ist zurzeit nicht erreichbar. Versuchen Sie es später noch mal."

Ungläubig starrte ich das Telefon an. Das war jetzt ein Scherz, oder? Ich wählte die Nummer noch ein zweites Mal, war aber wieder erfolglos. In diesem Moment war ich unfähig meine Gefühle zu definieren. War ich enttäuscht, entsetzt, wütend, traurig, oder vielleicht sogar glücklich, dass ich nun keine Angst mehr vor einem Gespräch mit Ryan haben musste?

Ich wusste es nicht.

Da klingelte plötzlich das Telefon in meiner Hand und sofort fing mein Herz an zu rasen. War das Ryan, der meine Nummer auf seiner Anrufliste gesehen hatte und nun zurückrief?

„Ja?"

Dieses leise gestammelte Ja hallte noch einen Augenblick in meinem Kopf nach und löste dort unerträgliche Kopfschmerzen aus.

„Daniel bist du das?"

Das war eindeutig nicht Ryan, nur meine Eltern nannten mich noch Daniel, alle anderen hatten den Spitznamen übernommen, den Jerry mir gegeben hatte. Sie nannten mich nur Dan. Jerry war der Meinung gewesen ich bräuchte einen großartigen englischen Namen, also hatte er aus Daniel Dan gemacht.

Ein Räuspern in der Leitung sagte mir, dass mein Vater immer noch auf eine Antwort wartete. „Ja", sagte ich also schnell.

„Ist alles okay bei euch?"

„Ja, ist es. Wann kommst du morgen am Bahnhof an?"

Mein Vater war für eine Woche nach Berlin auf eine Geschäftsreise gefahren, er arbeitete für eine Firma, die Computersoftware herstellt.

„Ich denke so gegen 17:00 Uhr. Was hast du denn am Wochenende vor, schon was geplant?"

„Nein, ich weiß noch nicht so recht. Vielleicht fahre ich zu Jerry."

„Na ja, lass dir was Schönes einfallen, du hast ja noch einen Tag Bedenkzeit. Oh je", er machte eine kurze Pause, „jetzt ist ja schon wieder eine Woche um und ich habe immer noch keine Idee, wohin ich deine Mutter nächstes Wochenende ausführen soll. Hast du nicht eine Idee?"

„Wieso denn nächstes Wochenende?", fragte ich, da ich keinen Schimmer hatte, wovon er da sprach.

„Unser Hochzeitstag, Daniel! Das kannst du doch nicht vergessen haben!"

Und ob ich es vergessen hatte! Ich hatte weiß Gott genug eigene Probleme! Ich wollte mein

Wochenende auch gerne mit Ryan verbringen, aber das war wohl mehr als unwahrscheinlich.

„Ach ja, natürlich nicht. Ich war in Gedanken gerade noch bei diesem Wochenende." Na ja, eher ganz woanders.

„Also, hast du nun eine Idee?"

„Nein, tut mir leid, mir fällt dazu auch nichts ein, aber du hast ja noch eine Woche Zeit."

„Das wird aber knapp. Na gut, ich überleg mir noch was. Bis morgen dann!"

„Ja, bis morgen!"

„Grüß deine Mutter von mir und sag ihr bloß nicht, dass ich etwas plane!"

„Nein, mach ich nicht. Tschüss!"

Als ob sie da nicht selbst draufkommen würde, dass mein Vater wie immer einen Riesenaufstand wegen ihrem Hochzeitstag machen wird.

Ich legte das Telefon einmal mehr zur Seite und schaltete den Fernseher an. Ich hatte beschlossen am morgigen Samstag in die Stadt zu fahren und meinem Lieblingscafé mal wieder einen Besuch abzustatten.

Am nächsten Morgen wachte ich schon früh auf, jedenfalls für meine Verhältnisse früh. Um neun schlug ich meine Bettdecke zurück, stand auf und sah aus dem Fenster. Ich beobachtete einen älteren Mann, der in seinem Garten Laub zusammenhakte, das Laub, das in den letzten Tagen massenweise von den Bäumen gefallen war und nun den Boden bunt färbte. Der Herbst versteht es die Arbeit, die er verursacht zu vertuschen und sie mit angenehmen Dingen zu verbinden. Die Farbenpracht der Bäume und sowieso der ganzen Natur ist einfach wunderschön anzusehen. Auch wenn ich den Herbst als

Jahreszeit nicht besonders schätzte, da es häufig regnet und alles kahl wird, gefiel mir dies schon immer sehr.

Der Mann hatte sein Laub zu Haufen zusammengetragen und stopfte es nun in Säcke, die er vor sein Gartenhäuschen stellte. Seine Frau kam aus der Terrassentür gab ihm einen Kuss auf die Wange, legte ihm einen Arm um die Schulter und gemeinsam gingen sie ins Haus. Findet jeder im Leben den perfekten Partner für sich, oder zumindest jemanden mit dem man alles teilt, Freude, Leid und vor allem Liebe?

Langsam löste ich mich vom Anblick dessen, was hinter der Fensterscheibe geschah, und verließ mein Zimmer. Ich ging ins Bad, duschte, zog mich an, putzte mir die Zähne und ging um zehn runter in die Küche. Meine Mutter war noch nicht wach, also frühstückte ich allein, hinterließ ihr eine Nachricht ich sei in die Stadt gefahren und verließ um zwanzig nach zehn unser Haus.

Wie immer in Gedanken vertieft lief ich zur Bushaltestelle. An diesem Tag hatte es gleich, nachdem ich die Haustür zugezogen hatte zu donnern begonnen und ausgerechnet jetzt verspätete sich der Bus um einige Minuten. Auch die große schöne Eiche hatte die meisten ihrer Blätter bereits abgeworfen und ließ an jenem Tag die Äste weit hinunter hängen.

Die Gassen in der Innenstadt waren wie leergefegt und nur ab und zu begegnete man jemandem. In den Läden dagegen drängten sich die Leute und man glaubte ersticken zu müssen. Ich hatte mein Café gerade betreten, als mir schon klar wurde, dass ich mich gar nicht erst nach einem Platz umzusehen brauchte. Mir blieb also nichts anderes übrig als auf dem Absatz kehrt zu machen. Ich hätte mich an eine Hauswand lehnen können und anfangen zu weinen.

Wieso konnte nicht mal einen Tag lang alles so funktionieren wie ich es mir vorgestellt hatte? Und überhaupt, was machten diese ganzen Menschen in der Stadt? Sonst bleiben sie immer alle zu Hause, wenn es regnete, und an diesem Tag gewitterte es sogar.

Trotz des Dranges mich auf den Boden zu werfen und nie wieder aufzustehen, tat ich einen Schritt nach dem anderen. Ich durchquerte Gassen, die ich noch nie betreten hatte und fand mich schließlich in jener Gasse wieder, in der ich Ryan zum ersten Mal begegnet war.

Ich blieb an der Stelle stehen, an der er mich zu Boden geworfen hatte und versank in der Erinnerung an seine Stimme und seine ausgestreckte helfende Hand. Ein Blitz, gefolgt von dem Grollen des Donners, holte mich in die Realität zurück, bevor ich auf immer und ewig in meinen Träumen gefangen gewesen wäre. Zitternd vor Kälte schaute ich in die dunkle Gasse, aus der Ryan vor Monaten gelaufen kam, doch heute blieb sie unbewegt. Nur die Tropfen des gerade einsetzenden Regens hüpften auf den Steinen auf und ab, kamen schließlich auf dem Boden zur Ruhe und schlossen sich zu riesigen Pfützen zusammen.

Wie schon damals nach unserem Zusammentreffen lief ich nun durch den Regen der Bushaltestelle entgegen.

„Was wird heute noch alles schief gehen", murmelte ich vor mich hin und auf einmal spürte ich die

Regentropfen nicht mehr. Ich blieb stehen, sah nach vorne und ich konnte vor den dunklen Hauswänden erkennen, dass es noch regnete. Warum sah ich den Regen, spürte ihn aber nicht? War ich schon so nass, dass es auf den einen oder anderen Tropfen nicht mehr ankam?

„Ich hoffe heute geht nichts mehr schief!", sagte eine Stimme hinter mir und ich fuhr erschrocken herum. Bevor ich reagieren konnte, griff Ryan nach meiner Hand, zog mich an sich und küsste mich. Ich nahm gerade noch wahr, dass er einen Schirm über uns hielt, dann ließ ich mich einfach in seine Arme fallen und genoss den Augenblick, als wäre er lebensnotwendig.

Das erste Mal an diesem Tag war ich froh, dass niemand auf den Straßen unterwegs war und auch der Regen störte mich nicht mehr. Im Gegenteil, ich fand es einfach romantisch mit Ryan hier zu stehen und ihn zu küssen, während es von oben auf den Schirm prasselte, unter dem wir standen.

Ich hatte dem ganzen Tag Unrecht getan, denn wäre das Café nicht dermaßen überfüllt gewesen, hätten wir in dem Moment nicht in dieser Gasse gestanden.

Langsam löste Ryan seine Lippen wieder von meinen und lächelte mich an.

„Habe ich dich doch noch gefunden. Irgendwie habe ich mir gedacht, dass ich dich hier finde, wenn du schon mal in der Stadt bist."

„Woher wusstest du denn, dass ich in der Stadt bin? Und wieso wolltest du mich finden und warum...?"

Er hob die Hand, um mir zu sagen, dass ich still sein sollte.

„Vielleicht könntest du erst mal eine Antwort abwarten, bevor du schon wieder eine neue stellst, dann beantworte ich dir auch alles, was du willst."

Mein ganzes Blut schoss mir in den Kopf und ich sah schnell zu Boden.

„Ja, natürlich."

„Ich habe gesehen, dass jemand versucht hat mich anzurufen und dachte es war Jerry, der mal wieder irgendwo in der Weltgeschichte irgendwelche Verwandten besucht, also hab ich ihn angerufen und gefragt. Na ja, und er hat mir dann gesagt, dass du nach meiner Telefonnummer gefragt hattest. Ich habe also deine Nummer angerufen und deine Mutter hat mir gesagt, du bist in die Stadt gefahren."

„Aber Jerry hat dir nicht gesagt, wieso ich nach deiner Nummer gefragt habe, oder?"

Es wäre mir unendlich peinlich gewesen, wenn Ryan von meiner Sehnsucht nach ihm erfahren hätte.

„Nein, hat er nicht, aber ich habe mir da selbst etwas zusammengedichtet und wie ich sehe hatte ich Recht."

Wenn es möglich war, wurde der Farbton meines Gesichtes nun noch eine Spur dunkler und Ryans Lächeln ähnelte nun mehr einem belustigten Grinsen.

„Zu deiner zweiten Frage", begann er erneut, „ich habe nach Jerrys Geburtstag oft an dich denken müssen, war mir aber nie ganz sicher, was das zu bedeuten hatte. Nachdem ich allerdings erfahren hatte, dass du mich erreichen wolltest, war für mich klar, dass ich dich schnell und unbedingt wiedersehen wollte."

Das konnte doch nicht wahr sein! Ich stand sprachlos da und starrte Ryan an. Hatte ich nun tatsächlich denjenigen gefunden, der mir nach getaner Arbeit einen Arm um die Schulter legt und mich zurück ins Haus begleitet? War es so einfach jemanden zu finden, der einen genauso liebt wie man ihn? Konnte es sein, dass sich in einer Stadt wie Stade zwei Jungen finden, die Gefühle füreinander entwickeln, die über bloße Freundschaft hinaus gehen? Ich hoffte, dass es so war. In diesem Moment hätte ich ohnehin nichts anderes hören wollen.

„Eigentlich hatte ich aber gar nicht vor hierher zu gehen, du hättest also durchaus auch umsonst hier suchen können", unterbrach ich das Schweigen, wagte es aber immer noch nicht Ryan in die Augen zu sehen.

„Ich habe ja schon überall umsonst gesucht, da blieb nur noch diese Gasse, da ich davon ausgegangen bin, dass du nicht wieder nach Hause gefahren bist."

Wieder schwiegen wir uns eine Weile an und währenddessen schien alles um mich herum in Zeitlupe abzulaufen. Es hatte inzwischen aufgehört zu regnen und Ryan öffnete seinen Schirm wieder zusammen. Ich sah ihn die ganze Zeit an, beobachtete jede seiner Bewegungen. Sie waren so fließend und zogen mich in ihren Bann.

„Es tut mir leid, Dan, aber", er kam auf mich zu und nahm mich in den Arm, „ich muss leider wieder nach Hause. Mein Vater hat heute Geburtstag. Ich verspreche dir, dass ich dich schnellstmöglich anrufe, ok?"

Er sah mich an und dieses Mal wich ich seinem Blick nicht aus, dann küsste er mich noch einmal.

Zuerst auf die Wange, dann auf den Mund. Ich war so unendlich glücklich.

„Ist gut", sagte ich, kurz bevor er mir den Rücken zu wandte und ging. An diesem Tag wartete ich so lange bis er nicht mehr zu sehen war und erst dann machte ich mich auf den Heimweg.

Kapitel 5

Der Bus hielt um drei an der Haltestelle, die der großen Eiche gegenüberlag, ich stieg aus und schlug, wesentlich glücklicher als morgens, den Weg nach Hause ein.

Ich sah meine Mutter durchs Küchenfenster und nur wenig später drang mir ein köstlicher Geruch in die Nase. Hungrig schloss ich die Haustür auf, zog Schuhe und Jacke aus und ging zu meiner Mutter in die Küche.

„Du bist schon wieder da? Ich hatte dich ehrlich gesagt erst am späten Nachmittag zurückerwartet."

„Das Café war vollkommen überladen und in den übrigen Geschäften konnten man auch kaum mehr einen Fuß vor den anderen setzen." Grinsend ließ ich mich auf die Essbank fallen.

„Dafür, dass du nicht das machen konntest, was du vorhattest, hast du aber ausgesprochen gute Laune. Ich habe dich schon Ewigkeiten nicht mehr so lächeln sehen. Hast du dich mit diesem Jungen getroffen, der hier mehrmals angerufen hat? Wer war das?"

„Er heißt Ryan und ich habe ihn auf Jerrys Geburtstag kennengelernt." Und ich liebe ihn! „Er hat mich in der Stadt noch gefunden und wir haben uns", ich suchte nach einem anderen Wort als geküsst, aber das fiel mir nicht gerade leicht, „die Stadt angesehen. Er kommt auch aus England, wie Jerry."

„Ach, wirklich? Er hatte aber keinen Akzent."

„Wahrscheinlich hat er schon in England den Deutschunterricht gehabt. Bei Jerry hört man es auch nicht."

„Ja, das ist wahr. Und er gefällt dir, dieser... Ryan, oder wem hast du dein Lächeln zu verdanken?"

„Ich finde ihn sehr... nett, ja."

So langsam wurde mir bewusste, dass meine Mutter irgendwann erfahren musste, dass ihr Sohn schwul war. Ich würde Ryan sicherlich auch mal mit nach Hause bringen, wenn sich zwischen uns etwas entwickeln sollte, nur musste sie es dann schon wissen. Wie sollte ich das denn schaffen? Ich brachte es kaum über mich, ihr eine fünf zu beichten und nun musste ich ihr gestehen, mich in einen Jungen verliebt zu haben? Das war unmöglich!

„Schatz, wir können erst essen, wenn Andreas da ist. Du musst dich so lange noch irgendwie beschäftigen."

„Aber Papa kommt doch erst gegen fünf, jetzt ist es viertel nach drei. Ich habe jetzt schon tierisch Hunger."

„Dann musst du dir noch eine Kleinigkeit vorweg machen. Ich habe heute Morgen Brötchen geholt, da sind noch welche, mach dir doch schnell eins davon."

„Ja, dann mach ich das. Ich sterbe sonst noch, wenn ich noch zwei weitere Stunden irgendwie warten muss."

„Na wenigstens isst du jetzt wieder regelmäßig. Ich dachte schon ich müsste dich irgendwann zwangsernähren, wenn du weiterhin so wenig gegessen hättest." Sie zwinkerte mir zu und gab mir ein Messer aus der Schublade.

„Dieser Junge hat einen sehr guten Einfluss auf dich. Geht er auch auf deine Schule? Erzähle mir ein wenig."

Das war eine sehr gute Frage! Ging Ryan eigentlich auf meine Schule, oder überhaupt noch zur Schule? Vielleicht hatte er auch seinen Realschulabschluss gemacht und steckte jetzt mitten in einer Ausbildung. Ich hatte mein Wissen über ihn bislang nur auf Namen, Adresse und Telefonnummer ausweiten können.

„Ich weiß es nicht, ich weiß sowieso nur sehr wenig über ihn, aber wir haben uns ja heute auch erst zum dritten Mal gesehen."

„Wieso denn zum dritten Mal? Hast du ihn nicht erst auf Jerrys Geburtstag kennengelernt?"

„Ja, klar, zum zweiten Mal. Es kommt mir nur schon so lange vor." Meine Mutter schien sich mit dieser Antwort zufrieden zu geben und ich atmete erst einmal erleichtert auf. So etwas durfte mir nicht noch einmal passieren, wenn sie mein Geheimnis nicht lüften sollte, bevor ich es ihr gestehen konnte.

„Ok, dann geh ich eben noch ein bisschen nach oben."

„Mach das, ich ruf dich, wenn dein Vater da ist."

Ich nahm mir mein geschmiertes Brötchen und ging die Treppe hinauf in mein Zimmer.

Sobald ich die Zimmertür geschlossen und den Teller abgestellt hatte, stellte ich das Radio an und ließ mich aufs Bett fallen. Endlich konnte ich mir wieder wie jeder andere Mensch auch die Musik aus dem Radio anhören, ohne dass ich verzweifelt zusammenbrach. *Wann Ryan wohl anrufen wird?* Ich legte das Telefon auf meinen Nachttisch, obwohl ich nicht glaubte, dass er sich an dem Tag noch melden würde. Dann setzte ich mich an meinen Computer und überprüfte meine E-Mails. Da war sogar eine, sie kam von Jerry. Hätte ich mir

auch denken könne. Jerry war von Natur aus sehr neugierig und musste natürlich sofort wissen, ob Ryan mich noch gefunden hatte.
Und ich hatte Recht:

„Hey, hast du Neuigkeiten für mich?
Ich habe mich vielleicht gewundert als Ryan vor meiner Tür stand!
Ich gehe mal davon aus, dass er dich noch gefunden hat und dir alles erzählen konnte.
Auf jeden Fall habe ich mein Versprechen dir gegenüber gehalten und ihm nichts von deinen Gefühlen erzählt. Also, was habt ihr gemacht? Er hatte es eilig als er bei mir losgefahren ist, musst du wissen! Ich glaub der hat sich echt gefreut dich zu sehen, aber was rede ich denn da. Du solltest derjenige sein, der mir Bericht erstattet.
Ich will alles genau erfahren, ich kenne euch ja immerhin beide sehr gut und sehr lange. Glaub also bloß nicht, dass du mir etwas verheimlichen kannst. Ich sehe dir das an der Nasenspitze an, wenn du etwas auslässt. Sobald ich es schaffe, schau ich mal wieder bei dir vorbei. Jerry"

Ich konnte mir ein Grinsen nicht verkneifen und spielte mit dem Gedanken die besten Szenen der Geschichte einfach wegzulassen. Allerdings kannten wir uns schon sehr lange und ich glaube Jerry, dass er mich jederzeit durchschauen könnte.
Nachdem ich eine sehr ausführliche Antwort geschrieben hatte, die sogar die Presse zufrieden gestellt hätte, hörte ich wie die Haustür ins Schloss fiel und kurz darauf rief mich auch schon meine Mutter. Ich beendete also das E-Mail-Programm, fuhr

meinen Computer herunter und verließ mein Zimmer mit dem breitesten Grinsen, das in meinem Gesicht Platz fand.

Mein Vater erzählte eine Menge von seinem Lehrgang, und zwar vor, während und nach dem Essen. Ich hatte mich halb verhungert auf das Kartoffelgratin gestürzt und hörte ihm nur mit einem Ohr zu. Meine Mutter warf mir ständig einen höchst zufriedenen Blick zu und auch mein Vater schien meine Veränderung bemerkt zu haben. Wahrscheinlich waren meine Eltern beide froh, dass man wieder mit mir reden konnte.

Den Rest des Abends verbrachte ich in meinem Zimmer, sah mir das Abendprogramm im Fernsehen an und wünschte mir Ryan neben mich. Zum ersten Mal verspürte ich den Wunsch ihn nah bei mir zu haben und mich an ihn zu kuscheln. Die ganzen Wochen zuvor wollte ich immer nur in seiner Nähe sein, aber jetzt da wir uns schon nähergekommen waren, wollte ich diese Nähe um jeden Preis bewahren und vor allem wollte ich ihn immerzu küssen.

Vielleicht meldete er sich schon morgen. Ich konnte es kaum abwarten ihn wiederzusehen und bildete mir ein, dass meine Sehnsucht nach ihm noch größer geworden war.

Doch am Sonntag meldete er sich noch nicht.

Am Montag ging ich normal in die Schule und musste Jerry natürlich alles noch mal persönlich erklären. Der Tag ging zu meinem Vergnügen schnell rum, aber als ich nach Hause kam, wurde meine gute Laune wieder stark reduziert, da Ryan sich immer noch nicht gemeldet hatte. Seitdem lief jeden Tag dasselbe ab. Ich ging morgens zur Schule, kam nachmittags zurück und wartete den ganzen restlichen Tag auf eine Nachricht von Ryan. Doch auch am Freitagmorgen hatte ich noch nichts von ihm gehört.

Meine Eltern hatten den erneuten Umschwung meiner Laune natürlich bemerkt und ich konnte ihnen sogar indirekt den Grund verraten. Ich sagte ihnen einfach die Wahrheit; dass ich Ryan lange nicht mehr gesehen hatte.

Am Freitagnachmittag öffnete ich die Haustür, stellte meine Schultasche auf die Treppe und da kam mir meine Mutter sehr freudestrahlend entgegen.

„Ich habe hier etwas, das dich sicher aufmuntern wird. Ryan war vorhin da und hat dir eine Nachricht hinterlassen. Er sieht sehr nett aus und er war sehr höflich."

Sie gab mir ein zusammengefaltetes Blatt Papier und verschwand wieder im Wohnzimmer. Ich nahm das Papierstück, setzte einen Fuß auf die erste Treppenstufe und dann stürmte ich nach oben. Endlich! Endlich hörte ich etwas von Ryan. Ich entfaltete den Zettel und las ihn rasch durch.

Es stand nicht viel darauf, nur zwei Sätze: „Dan, ich muss dir dringend etwas sagen, es betrifft auch dich. Kannst du morgen zu mir kommen, die Adresse hast du, ja? Ryan."

Was hatte das zu bedeuten? Ehrlich gesagt machte mir das ein wenig Angst, oder eher sehr viel Angst.

In der Nacht wachte ich immer wieder auf, wälzte mich von einer Seite auf die andere und versuchte vergeblich die Worte von dem Papier aus meinem Kopf verschwinden zu lassen. Um sieben Uhr morgens gab ich es schließlich endgültig auf und machte mich im Bad schon mal fertig, um nachher zu Ryan zu fahren. Dieses Gefühl nicht zu wissen, was man mit sich anfangen soll, kam mir nur allzu bekannt vor und somit wusste ich auch wie die Zeit am schnellsten verging. Ich setzte mich an meinen Computer, surfte ein bisschen im Internet, schaute mir gespeicherte Bilder an, sah nach, ob ich E-Mails bekommen hatte und vieles mehr.

Um zehn standen meine Eltern auf und eine halbe Stunde später frühstückten wir zusammen. Da Ryan keine Zeit angegeben hatte, wann ich kommen sollte und ich noch ein wenig Vorbereitungszeitzeit brauchte, beschloss ich erst nachmittags zu ihm zu fahren.

Mein Vater bot mir an mich zu bringen und so brachen wir um ca. 15:00 Uhr von zu Hause auf. Die Fahrt dauerte ewig, obwohl wir nur etwa 10 Kilometer zurückgelegt hatten. Unterwegs bekam ich vermehrt Herzrasen und es klopfte wie wild in mir.

Mit klopfendem Herzen stieg ich aus dem Wagen und betrachtete zunächst das Haus. Es war groß und ziemlich schlicht in der äußeren Form. Der Vorgarten war sehr gepflegt, aber überall mit Laub bedeckt.

In die Hauswand waren Holzbalken eingesetzt, die an die Bauart von Fachwerkhäusern erinnerten. Die Fensterrahmen waren dunkelbraun gestrichen, wie auch die Balken und die Steine der Hauswand waren weiß.

Ich ging der Haustür entgegen, doch bevor ich klingeln konnte, öffnete Ryan schon die Tür.

„Hallo. Schön, dass du gekommen bist."
„Hi."

„Tut mir leid, dass ich mich so späte gemeldet habe, aber den Grund wirst du heute erfahren. Aber komm doch erst mal rein."

Er öffnete die Tür jetzt ganz und winkte mich herein. Von innen war das Haus auch sehr einfach eingerichtet, die Möbelstücke standen gut verteilt und die Wände waren durchgehend weiß gestrichen. Es gefiel mir dort.

Ryan führte mich die Treppe hinauf in sein Zimmer. Auf dem Weg hatte er mir den Arm um die Schultern gelegt und ich spürte, dass es das war, was ich mir gewünscht hatte. Er öffnete die Tür, ließ mich rein und sofort, nachdem er sie wieder hinter mir geschlossen hatte, nahm er meine Hand und führte mich, ohne auch nur ein Wort zu sagen, zu seinem Bett, das mit dem Fußende in den Raum hineinreichte. Dort setzte ich mich und richtete den Blick wieder auf Ryan.

Er stand vor mir, sah mich mit einem undurchschaubaren Blick an und begann langsam sein Hemd aufzuknöpfen. Gespannt folgte ich jeder Bewegung seiner Finger. Mit einem leisen Rascheln fiel sein Hemd zu Boden, und als ich den Blick wieder hob, war Ryan bereits dabei Knopf und Reißverschluss seiner Hose zu öffnen.

Alles, was mir eben noch durch den Kopf ging, alle Sorgen, Gefühle des Kummers und vor allem die Sehnsucht nach Ryan waren gelöscht, ausgeblasen wie die Flamme einer Kerze. Doch wie das Auslöschen des Kerzenlichtes die plötzliche Dunkelheit mit sich bringt, so wurde es auch in meinem Kopf schwarz.

Es blieb nur die Frage: Wie ist das so schnell gekommen?

Die Wärme von seinen Händen auf meinen Schultern holte mich aus diesem Trancezustand und füllte mein Inneres mit dem starken Gefühl des Glücks und der Liebe; der Liebe für Ryan, die so lange gefangen war. Was kümmerte mich diese dämliche Frage? Er war jetzt hier bei mir, dass war alles, woran ich denken wollte, und es gelang mir.

Ich saß da auf der Kante seines Bettes und schaute nervös auf die Kleidungsstücke, die eben noch Ryans wundervollen Körper bedeckten. Als ich mich schließlich seinem Gesicht zu wand, dem Gesicht, das mir so lange enthalten blieb, schenkte er mir ein Lächeln und küsste mich. Währenddessen wurde der Druck auf meinen Schultern kräftiger und ließ mich langsam aufs Bett sinken. In diesem Augenblick passierten viele Dinge, doch ich erinnere mich noch heute an jedes Einzelne. Meine Arme umschlungen seinen Körper, mein Mund erwiderte seinen leidenschaftlichen Kuss und meine Körpertemperatur passte sich der Seinen an, als wollten unsere Körper sich auf immer und ewig verbinden.

Nachdem auch ich von meinen Kleidungsstücken befreit war, verwöhnten Ryans Lippen meinen Oberkörper mit zahlreichen Küssen und an jeder dieser Stellen hinterließen sie noch einen Moment lang ein kribbelndes Gefühl.

Dass es nicht bei den Küssen bleiben würde, dachte ich mir schon, als ich sein Zimmer betrat, aber jetzt, da ich seine Hand zwischen meinen Beinen spürte, zuckte ich zusammen. Ryan schien es bemerkt zu haben, hielt jedoch nicht inne. Obwohl es mir peinlich war und ich spürte, wie mein Gesicht rot wurde, tat ich es ihm gleich.

Für mich war diese Nacht mein erstes Mal und ich hätte nie gedacht, dass es mit einem Jungen sein würde, doch ich war überglücklich. Ich wünschte mir für immer neben ihm liegen zu dürfen, ihn zu küssen und mit meinen Händen über seinen Körper zu streichen. So zärtlich wie Ryan mich ansah dachte er sicher dasselbe, daran hatte ich keinen Zweifel. Nie wieder wollte ich Sehnsucht nach ihm haben, nie wieder wollte ich ihm nachlaufen müssen. Es sollte immer so sein wie in dieser Nacht, in der mein Leben eine Seele bekam.

Kapitel 6

Als ich am nächsten Morgen aufwachte, spürt ich als erstes Ryans Körper neben meinem. Seine rechte Hand lag auf meinem Bauch, sein Kopf lehnte an meiner Schulter und unsere Beine waren ineinander verschlungen. Ich lag noch einige Minuten reglos da und hielt die Augen geschlossen, bis ich bemerkte, dass Ryan sich bewegte und seine Hand von meinem Bauch weiter nach unten glitt. Sofort setzte ich mich auf und Ryan schreckte hoch.

„Was ist denn? Ist was passiert?"

„Nein, schon gut", sagte ich lächelnd.

Irgendwie fand ich es süß wie ahnungslos er war und gleichzeitig hatte ich ein schlechtes Gewissen, weil ich ihn aufgeweckt hatte.

„Tut mir sehr leid, dass ich dich geweckt habe."

„Ach was! Wir haben sehr lange und genug geschlafen. Wie spät ist es denn eigentlich?"

Ich suchte in dem Haufen unserer Kleidungsstücke nach meiner Uhr, die ich gestern abgenommen hatte.

„Es ist 08:30 Uhr."

„Dann komm wieder her. Es ist noch viel zu früh, um aufzustehen."

Ich kroch wieder zu ihm ins Bett, legte ihm meinen Kopf auf die Brust, lauschte seinem Herzschlag und er strich mit seinen zarten Fingern durch meine Haare.

„Dan?"

„Ja?"

„Ich bin dir immer noch eine gute Erklärung schuldig."

Ich sagte nichts denn auf einmal verspürte ich wieder dieses unangenehme Angstgefühl, das mich schon gestern den ganzen Tag gequält hatte. Nachdem wir Ryans Zimmer erst einmal betreten hatten, war dieser kleine gefaltete Zettel mit den beunruhigenden Worten darauf aus meinen Gedanken verschwunden. Wie hätte ich auch noch an etwas anderes als an Ryan denken können!

„Eigentlich hatte ich mir vorgenommen es dir gleich abends zu sagen, aber ich konnte meine Finger einfach nicht von dir lassen, immerhin hatten wir uns schon wieder eine Woche lang nicht gesehen und, Dan, ich konnte es kaum abwarten dich bei mir zu haben."

Nun war er es, der mir nicht in die Augen sah und ich war ganz froh, dass er nicht so selbstbewusst war, wie es sonst den Anschein hatte. Ich hatte mich schon öfters gefragt, ob er schon eine Beziehung gehabt, hatte und vor allem, ob er schon eine Beziehung mit einem anderen Jungen gehabt hatte.

„Weißt du, Dan, ich muss dir etwas sagen, was mir nicht leichtfällt und ich würde es dir auch gerne ersparen. Ich... mag dich wirklich sehr, aber es gibt keine Möglichkeit für uns zusammen zu sein."

Als ich mir sicher war, dass er nicht weiterreden würde und ich den ersten Schock überwunden hatte, entschied ich mich etwas zu sagen.

„Das verstehe ich nicht! Warum hast du dann wieder Kontakt zu mir aufgenommen, wenn du eigentlich gar nichts von mir wolltest? Gestern dachte ich..."

„Ja, ich weiß", er schloss mich in seine Arme und fuhr mit leiser und zittriger Stimme fort, „ich weiß, was du dachtest, und es tut mir unendlich leid, dass ich dir so nahegekommen bin, obwohl aus uns nichts werden kann."

„Es tut dir leid? Mir tut es nicht leid!" Ich war wütend, einfach nur wütend. Ich wandte Ryan den Rücken zu und setzte mich auf die Bettkante.

„Mir tut es nicht leid, dass wir uns begegnet sind, dass ich dich kennen- und lieben gelernt habe, und dass ich gestern zu dir gefahren bin!" Oh Gott! Hatte ich ihm gerade eine Liebeserklärung gemacht?

„So hatte ich das auch gar nicht gemeint. Es tut mir nicht leid, dass wir uns begegnet sind, aber dass ich es so weit habe kommen lassen. Ich hatte nicht damit gerechnet dich zu treffen und nun kann ich es nicht mehr rückgängig machen."

„Würdest du es denn rückgängig machen wollen?"

„Ich weiß es nicht. Es wäre besser für uns beide."

„Ich versteh schon. Aber nenn mir den Grund! Warum willst du etwas, das gerade erst angefangen hat schon wieder beenden?"

„Meine Eltern wollen wieder nach England ziehen und ich muss mit." Er setzte sich jetzt neben mich und ich starrte ihn ungläubig an.

„Das ist alles? Das ist der Grund?", fragte ich schließlich.

„Na du bist gut! Wie stellst du dir denn eine Beziehung vor, die durch zwei Landesgrenzen und die Nordsee getrennt ist?"

Ich konnte nicht glauben, was ich da hörte. Ich hatte mit einem ‚Ich liebe dich nicht' oder ‚Es gibt jemand anderes' oder ‚Ich bin nicht schwul' gerechnet, aber das war... lächerlich! Natürlich war so etwas nicht einfach, aber sollte ich ihn deswegen wieder aufgeben? Fiel ihm das so leicht?

„Ich könnte dich doch besuchen und du kannst auch mal hierherkommen. Ist das der einzige Grund?

„Ja, ist es."

„Dann muss ich dir eine Frage stellen. Wie wichtig bin ich dir?"

Verblüfft sah er mich an und suchte scheinbar nach einer passenden Antwort.

„Findest du das fair? Ich habe dir doch gesagt, dass ich dich sehr mag, und dass ich dich vermisst habe."

„Dann lass es uns doch wenigstens versuchen, natürlich vorausgesetzt du meinst das ernst, was du eben gesagt hast. Wenn nicht, dann..."

Er hielt mir eine Hand auf den Mund und die andere legte er auf meine Schulter. „Bist du jetzt endlich still? Du hast Recht, aber weißt du auch, was das bedeutet?"

Langsam kam er auf mich zu und wollte mich küssen, doch diesmal hielt ich meine Hand dazwischen.

„Hattest du das nicht eben noch bereut? Ich möchte weder dein Spielzeug sein noch etwas tun, das die Situation noch verschlimmert."

„Tut mir leid, aber ich habe ständig das Bedürfnis dich zu küssen und zu berühren. Ich möchte dich nicht als mein Spielzeug, ich will dich nur bei mir haben. Verstehst du nicht, warum ich uns diese Entfernung ersparen wollte?"

„Sicher verstehe ich das, aber du kannst doch nicht alles wegwerfen, nur weil wir uns selten sehen werden. Denkst du, ich würde dich nicht vermissen? Aber ich lebe lieber mit der Entfernung, als dich nie wieder zu sehen."

Ryan sah mich eine Weile an, dann lächelte er.

„Du hast ja Recht, Dan. Ich würde es wahrscheinlich schon am ersten Tag bereuen. Aber sag mal, wie wichtig bin ich dir?" Sein Lächeln verwandelte sich mal wieder in dieses schelmische Grinsen und dann fragte er: „Habe ich da vorhin nicht ein ‚kennen- und lieben gelernt' gehört?"

Schüchtern war er mir eindeutig lieber gewesen.

„Vielleicht, das sag ich dir jetzt aber nicht."

„Na gut, aber ich liebe dich."

Er packte meine beiden Handgelenke und sah mir in die Augen.

„Darf ich dich jetzt endlich küssen?"

Ohne eine Antwort abzuwarten, lehnte er sich vor und küsste mich. Er hatte gesagt, dass er mich liebt! Ich schlang meine Arme um Ryan und zog ihn mit mir zurück aufs Bett, wo wir die ganze nächste Stunde noch zusammen lagen. Erst da fiel mir auf, dass meine Eltern mich gestern Abend schon zurückerwartet hatten.

Wir zogen uns an und gingen hinunter in die Küche. Ryans Eltern saßen schon dort beim Frühstück und Ryan begrüßte sie auf Englisch. Er setzte sich dazu und klopfte dann auf den Stuhl neben sich, dass ich mich dahinsetzen sollte.

Der Morgen verging schnell und ich verstand mich glücklicherweise sehr gut mit Ryans Eltern, sodass ich während des Frühstücks meine gute Laune beibehielt, allerdings schon wieder vergaß meine Eltern anzurufen. Ich stupste Ryan von der Seite an und fragte ihn, ob ich das Telefon kurz benutzen durfte.

„Natürlich, aber wen willst du denn jetzt anrufen?"

„Meine Eltern. Sie denken, dass ich eigentlich schon gestern Abend nach Hause kommen wollte, und machen sich bestimmt Sorgen."

Ich ging hinaus in den Flur und wollte gerade den Telefonhörer in die Hand nehmen, als Ryan mir hinterher gelaufen kam und mich davon abhielt.

„Ich habe schon gestern mit deiner Mutter gesprochen."

„Wann das denn?"

„Als du schon eingeschlafen warst." Er grinste mich an. „Du sahst so süß aus, wie du geschlafen hast und ich wollte dich nicht wecken."

„Danke", sagte ich ein wenig verlegen, „Was hast du ihr denn gesagt?"

„Dass du bei mir eingeschlafen bist."

„Ist das peinlich!"

„Ach was! Du wirst erst abends zurückerwartet."

„Ah ja!", sagte ich und diesmal grinste ich ihn breit an.

„Und was hast du jetzt vor?"

„Wie wär's es, wenn wir Jerry anrufen? Der platzt bestimmt, wenn er nicht bald etwas von uns hört. Ich habe ihm am Samstag das letzte Mal eine E-Mail geschrieben."

„Ja, ich auch, der bringt uns um!"

Ryan nahm das Telefon und wir liefen laut lachend wieder in sein Zimmer.

Jerry war nicht sauer, dass wir uns beide eine Woche nicht gemeldet hatten, aber er wollte natürlich trotzdem alles genau erfahren. Die Detailbeschreibung musste allerdings Ryan übernehmen, während ich vor Scham mein Gesicht in der Bettdecke versteckte und Ryan deswegen einen Lachanfall bekam.

Den restlichen Tag verbrachten wir gemütlich oben in Ryans Zimmer, sahen uns DVDs an und gingen nur wieder nach unten, um Mittag zu essen. Jedes Mal, wenn ich meine Lage beim Fernsehen veränderte, rückte Ryan ein Stück näher an mich heran. Ursprünglich lagen wir beide bäuchlings auf dem Bett, jeder auf seiner Seite, aber letztendlich fand ich mich ganz nah an ihn gekuschelt auf der Seite liegend. Jedoch behielten wir trotz der gemütlichen Stimmung den ganzen Tag unsere Klamotten an!

Am Abend fiel es uns beiden sehr schwer zu akzeptieren, dass ich wieder nach Hause musste. Ryans Eltern waren noch zu Freunden gefahren und so war es uns wenigstens möglich uns angemessen zu verabschieden.

„Wann fahrt ihr denn?", fragte ich ihn, nachdem ich meine Jacke und Schuhe schon angezogen hatte.

„Am Mittwoch."

„Mittwoch?"

„Schon so bald?"

„Ja, ich kann es nicht ändern. Ich sage dir die neue Adresse, sobald ich sie weiß, dann kannst du ja vielleicht in den Weihnachtsferien schon kommen, ich glaube nämlich nicht, dass ich dann schon wieder wegfahren kann."

„Ich werde mal nachfragen. Hoffentlich haben meine Eltern nichts dagegen, schließlich denken sie ja, dass wir nur ganz normale Freunde sind."

Mit diesem Schlusswort ging ich auf Ryan zu, umarmte ihn und gab ihm einen Kuss. Gerade noch rechtzeitig, denn mein Vater bog schon einige Sekunden später mit dem Auto in die Straße ein. Ich hatte ihn kurz zuvor angerufen und gefragt, ob er mich abholen konnte, ich hatte nämlich keine Lust zu Fuß zu gehen.

Um den Schein einer normalen Freundschaft zu wahren, und um Ryan noch einmal berühren zu können, umarmte ich ihn noch ein zweites Mal. Dann verließ ich den Garten, ging die Einfahrt hinunter und stieg ins Auto ein. Ich sah noch einmal zu Ryan hoch und fragte mich, was die Geste zu bedeuten hatte, die er gerade machte. Er zeigte mit dem Finger auf seine Jackentasche und winkte mir dann zum Abschied zu.

Die ganze Fahrt grübelte ich darüber nach und als wir zu Hause angekommen waren und ich die Hand aus Gewohnheit in die Jackentasche steckte, fand ich darin einen zusammengefalteten Zettel. Ich kam mir unglaublich blöd vor, dass ich diese einfache Bewegung nicht hatte deuten können.

Nachdem ich meine Mutter begrüßt und ihr versichert hatte, dass ich ausgeruht war, ging ich hinauf in mein Zimmer und las die Nachricht von Ryan:

„Ich würde morgen gerne zu dir kommen, wenn es dir recht ist. Ruf mich an, falls es nicht geht, sonst komme ich gegen drei. Dein Ryan"

Kapitel 7

Mama, sag mal, darf ich in den kommenden Weihnachtsferien nach England fahren?

„Wie kommst du denn darauf? Was willst du denn da?"

„Ryan zieht wieder dorthin. Er hat mich gefragt, ob ich ihn nicht besuchen will."

Ich hatte es mir wesentlich einfacher vorgestellt, die Geschichte so gleichgültig zu erzählen. Bei dem Gedanken Ryan bald nicht mehr sehen zu können, bleib mir beinahe das Herz stehen und was sollte ich machen, wenn ich in den Ferien nicht zu ihm fahren durfte?

„Das tut mir leid, Schatz, aber du findest sicher einen neuen Freund und du hast doch auch noch Jerry. Wenn Ryan wieder nach England zieht und du weiterhin hier lebst, entfremdet ihr euch sicher irgendwann. Meinst du denn es lohnt sich eine Freundschaft über eine so große Distanz aufrechtzuhalten?"

„Natürlich denke ich das! Man kann doch eine Freundschaft nicht vom einen auf den anderen Tag beenden. So etwas macht man nicht mit Freunden. Es gibt doch die Möglichkeit sich in den Ferien zu sehen und man kann sich Briefe schreiben und telefonieren."

„Ja, natürlich, aber ist dir die Verbindung mit Ryan denn so wichtig?"

„Ja, ist sie!"

Langsam bekam ich das Gefühl, dass meine Mutter von meiner Ferienplanung nicht gerade begeistert war und sie vielleicht es sogar verbieten würde. Was sollte ich dann tun? Wann würde ich

Ryan in diesem Falle wiedersehen? Alles Fragen die mir den Kopf platzen ließen.

„Du willst es mir verbieten, habe ich Recht? Du willst nicht, dass ich zu ihm fahre. Habe ich recht, damit?"

„Ich will nicht, dass du dich so sehr an ihn hängst. Es gibt so viele nette Jungs, mit denen du dich anfreunden kannst, die in deiner Nähe wohnen. Der Freundeskreis ändert sich nun mal und die Welt geht davon nicht unter."

„Du verstehst das nicht!"

Mit diesen Worten verließ ich die Küche und rannte verzweifelt hoch in mein Zimmer. Dort lief ich eine ganze Weile hin und her, dachte angestrengt nach und versuchte mir vorzustellen, wie Ryan diese Nachricht aufnehmen würde.

Apropos Ryan! Er wollte am nächsten Tag zu mir kommen. Das hatte ich meiner Mutter gar nicht erzählt und würde es jetzt auch nicht mehr nachholen. Sicher war ihr das auch nicht recht und noch so eine Diskussion mit ihr könnte ich nicht ertragen. Doch trotz des eben geführten Gesprächs und meiner daraus entstandenen miesen Laune, überkam mich auf einmal ein unbeschreibliches Glücksgefühl. Ryan würde morgen hierherkommen, ich würde ihn endlich wieder bei mir haben.

Bei diesem Gedanken entspannte sich sofort mein ganzer Körper, ich atmete einmal tief durch und setzte mich einfach auf den Fußboden, mit dem Rücken an die Heizung unter dem Fenster. Die Wärme, die nun von meinem Rücken ausgehend meinen ganzen Körper durchströmte, machte mich schläfrig und ließ mich wenige Augenblicke später einschlafen. Gerade hatte mein Bewusstsein ausgesetzt, als mein Unterbewusstsein auch schon die verschiedensten Bilder von Ryan vor mein inneres Auge projizierte. Dies war die Welt, die mir gefiel, denn hier hatte ich Ryan immer bei mir und würde ihn auch immer bei mir haben; in meinen Gedanken und Träumen war er ständig da.

Etwa eine Stunde später öffnete ich die Augen wieder und fand mich zusammengekauert vor der Heizung liegen. Ich streckte mich, um auch den letzten schlafenden Muskel wiederzubeleben und wollte aus dem Fenster schauen, doch es war schon fast dunkel. Meine Armbanduhr verriet mir, dass es auch schon neun Uhr abends war. Vor zwölf Stunden war ich neben Ryan aufgewacht, nun war er nicht mal in meiner Nähe.

Ich beschloss mich schon bettfertig zu machen, auch wenn ich wahrscheinlich noch lange wach liegen würde. Doch es bestand zumindest die Möglichkeit, dass die Zeit so schneller verging und Ryans Ankunft somit immer näher rücken würde.

Es war schon sehr lange her, dass ein Wochenende dermaßen schnell vorübergegangen war, wie dieses und dennoch verband ich wohl keines mit so vielen wundervollen Erinnerungen. Nie war mir jemand wichtiger gewesen, meine Eltern natürlich ausgeschlossen, und doch spielte mir das Schicksal einen Streich und nahm mir diesen Jemand wieder.

Fertig umgezogen, die Zähne geputzt und die Schulsachen für den nächsten Tag gepackt, lag ich schließlich im Bett und starrte die Zimmerdecke an. Denk nicht an morgen, sagte ich mir selbst, aber das war einfacher gesagt als getan. Auch nachdem ich schon eine Millionen Schäfchen hätte zählen können, war nicht ein Funke Müdigkeit in mir. Was musste ich auch an der Heizung einschlafen?! Da kam mir eine Frage wieder in den Sinn, die ich mir vor Kurzem gestellt hatte: Ging Ryan noch zur Schule? Komisch woran man denkt, wenn man nicht einschlafen kann. Tatsächlich beschäftigten mich einige dieser scheinbar unwichtigen Fragen und ich grübelte in jener Nacht noch sehr lange bis ich in meiner Welt endlich Ruhe fand.

Unbarmherzig weckte mich das penetrante Piepsen meines Weckers am nächsten Morgen und es dauerte diesmal besonders lange den Knopf zu finden, der dem ein Ende machte. Schwankend und noch nicht wirklich wach, tapste ich im Badezimmer von einem Fuß auf den anderen, versuchte meine Haare zu bändigen, die eigentlich glatt sein sollten und setzte mich um viertel nach sieben zu meiner Mutter an den Frühstückstisch. Mein Vater ging morgens schon etwas früher aus dem Haus, meine Mutter verabschiedete ihn aber trotzdem jeden Tag. Danach machte sie sich an den Haushalt.

Über meine Träumereien hatte ich völlig vergessen, dass wir uns gestern gestritten hatten und setzte nun demonstrativ mein Schlechte-Laune-Gesicht auf. Leider war mir das erst eingefallen, als ich ihr schon einen guten Morgen gewünscht hatte.

„Na, ist dir wieder eingefallen, dass du eigentlich sauer auf mich sein solltest?"

„Das ist nicht witzig! Ich bin immer noch sauer auf dich!"

„Okay, dann muss ich dich wohl darauf hinweisen, dass du die Reise überhaupt nicht finanzieren könntest. Weißt du eigentlich wie viel eine Fahrt nach England kostet, egal mit welchem Transportmittel? Und du musst sogar hin und zurück fahren."

„Ich kann auch gleich dableiben", sagte ich schnippisch und langsam erinnerte ich mich an das Gefühl von gestern Abend.

„Jetzt sei doch mal ernst! Man bezahlt doch nicht, was weiß ich wie viel, nur um einen Freund zu besuchen! Tut mir leid, aber das kann ich einfach nicht nachvollziehen!"

„Das musst du auch gar nicht, ich will ja fahren."

„Du wirst aber nicht fahren, Dan!"

„Das kannst du Ryan ja dann auch persönlich sagen, er kommt nämlich nachher hierher!"

Ich nahm mir ein wenig Geld aus meinem Portemonnaie für die Cafeteria und verließ das Haus. Die Schule lag nur etwa 15 Minuten entfernt und so ging ich wie jeden Morgen zu Fuß.

Meine Mutter hatte sich zu meiner letzten Bemerkung nicht mehr geäußert und nun wusste ich nicht, ob es sie störte, wenn Ryan nachher kam. Ehrlich gesagt war mir das auch egal! Wenn es ihr nicht recht sein sollte, würden wir woanders hingehen, denn letztendlich machte es keinen Unterschied, wo wir uns sahen, solange wir uns überhaupt sahen. Ich würde mir ein Treffen mit Ryan nicht verderben lassen, das hatte ich mir fest vorgenommen. Es war vielleicht das letzte Mal, bevor er wegzog und ich wusste immer noch nicht, wie ich ihm die grausige Nachricht von der Absage meiner Mutter beibringen sollte. Könnte ich meinen Eltern doch nur sagen, dass Ryan nicht nur ein Freund war, vielleicht würde dadurch alles leichter! Doch meine Angst vor ihrer Reaktion war viel zu groß. Da tauchte auf einmal eine weitere dieser Ryan-Fragen auf, die mir bis jetzt noch nicht in den Sinn gekommen war, dabei lag es eigentlich auf der Hand sich das zu fragen.

Hatte Ryan seinen Eltern alles erzählt? Das brachte mich wiederum zu einer älteren Frage, die ich schon öfters durchgekaut hatte. Hatte er schon vor mir etwas mit einem Jungen gehabt? Ich fragte mich das immer und immer wieder, da er am Samstag einen so geübten Eindruck gemacht hatte, was das Thema Zärtlichkeit betraf. Es gab noch viel zu viele offene Fragen, warum also blieb mir nicht mehr Zeit, um wenigstens auf ein paar von ihnen eine Antwort zu bekommen?

Ehe ich mich versah, stand ich schon vor dem Schulgebäude. Jerry wartete dort auf mich und wir gingen zusammen zum ersten Unterrichtsraum. Der Montag begann mit einer Doppelstunde Politik und wie immer fragte ich mich, wie unser Lehrer es schaffte nicht selbst einzuschlafen.

Unglaublich, was man uns Schülern schon in den ersten beiden Stunden nach dem Wochenende abverlangte! Ich wandte meinen Blick nach links zu Jerry und musste unwillkürlich und breit über mein Gesicht grinsen.

Auf seiner Wange zeichnete sich das Muster seiner Strickjacke ab, da er seinen Kopf längere Zeit auf, die mit dem Ärmel der Jacke überzogene Handfläche gestützt hatte.

Er schien es gar nicht bemerkt zu haben und ich beschloss es ihm nicht zu sagen, da es sowieso mit der Zeit verblassen würde.

Der Vormittag wollte und wollte einfach nicht umgehen und ich weiß nicht, wie oft ich auf die Uhr gesehen hatte, bis es endlich zum Ende der siebten und für mich letzten Stunde klingelte. Erleichtert atmete ich auf und machte somit Jerry auf mich aufmerksam.

„Was ist eigentlich heute mit dir los? Ich habe dich schon lange nicht mehr so euphorisch gesehen, wenn du Schulschluss hattest."

„Habe ich dir nicht erzählt, dass Ryan heute zu mir kommt?"

„Nein, hast du nicht", sagte er beleidigt.

„Also dann, Ryan kommt heute zu mir."

„Haha, du Scherzkeks! Na, dann lass uns mal schnell nach Hause gehen."

Wie gerne wäre ich mit Jerry gegangen, doch er bog nach links und ich nach rechts ab.

„Bis morgen und viel Spaß mit Ryan!"

„Danke, werde ich haben."

Um halb drei war ich zu Hause und sofort kam mir meine Mutter entgegen. Was jetzt wohl kommt? fragte ich mich.

„Hallo Daniel. Wie war die Schule?"

„Was?"

Keine Standpauke wegen heute Morgen? Nicht einmal ein verärgerter Gesichtsausdruck?

„Zu lang."

„Es tut mir leid, dass ich dir verboten habe nach England zu fahren, aber ich halte es nicht für richtig sich so sehr an einen Freund zu klammern. Wenn er dir so wichtig ist, dann schreibt euch doch Briefe oder E-Mails. Ihr könnt euch auch mal besuchen, aber in den Weihnachtsferien ist er doch noch gar nicht lange weg. Außerdem wärst du an Weihnachten nicht zu Hause, wenn du zu ihm fahren würdest."

„Ich versteh schon."

„Ach wirklich?"

„Ja." Aber nur, weil sie die Hintergründe nicht kannte.

„Ok, dann... ähm..." Ich schien sie vollkommen aus dem Konzept gebracht zu haben. „Ich mache jetzt Mittagessen, meinst du Ryan möchte auch etwas?"

„Ich weiß nicht, ob er schon gegessen hat."

„Ich mache einfach ein bisschen mehr als sonst." Und mit einem Lächeln verschwand sie in der Küche. Ich blieb verdutzt im Flur stehen, sah auf die Uhr und stellte fest, dass Ryan schon in einer viertel Stunde hier sein würde. Also lief ich hoch in mein Zimmer, stellte die Schultasche dort ab und befand, dass es ordentlich genug aussah. Dann setzte ich mich auf die unterste Treppenstufe und wartete auf das Klingeln an der Haustür. Fast wäre ich dort eingeschlafen, aber glücklicherweise kam Ryan fünf Minuten früher. Also wie immer überpünktlich. So schätzte ich Ryan immer ein. Pünktlichkeit ist immer viel wert.

Ich rannte, vom Klingeln hochgeschreckt, zur Tür und ließ ihn herein.

„Hi!", sagte ich.

„Na du. Ich habe dich vermisst!" Er kam auf mich zu und küsste mich.

„Meine Mutter ist in der Küche", flüsterte ich ihm zu.

„Aber sie sieht uns nicht, oder?"

Woher nahm er nur dieses Selbstvertrauen?

„Dein Zimmer ist oben, oder?"

Ohne eine Antwort abzuwarten, ging er die Treppe hinauf und ich folgte ihm, nachdem ich meiner Mutter bescheid gesagt hatte.

„Sag mal, hast du schon gegessen?"

„Nicht so richtig."

„Was soll das denn heißen?"

„Ich habe mir beim Bäcker ein Brötchen gekauft, aber das ist auch schon länger her."

Jetzt kannst du ihn fragen, dachte ich mir und tat es auch.

„Gehst du eigentlich noch zur Schule oder machst du eine Ausbildung?"

Grinsend sah er mich an und stellte mir dann eine Frage.

„Was glaubst du wie alt ich bin?"

Was sollte die Frage denn? Was hatte das mit meiner Frage zu tun? War es ihm unangenehm mir zu sagen, dass er nicht mehr zur Schule ging und wich deshalb meiner Frage aus?

„17, 18?"

„Du bist süß, weißt du das?!"

Ich verstand die Welt nicht mehr, während Ryan lachend neben mir auf meinem Bett saß! Eigentlich wollte ich doch nur wissen, ob er noch zur Schule ging.

„Jetzt mach nicht so ein Gesicht! Ich habe mich nur gewundert, dass Jerry dir das alles nicht erklärt hat."

Langsam wurde mir ein wenig mulmig. Was gab es denn da Großartiges zu wissen?

„Und was hat er mir nicht erklärt?", fragte ich schließlich, als ich das Gefühl bekam, dass Ryan mich zappeln ließ.

„Also" begann er, „ich bin 20 Jahre alt und studiere Germanistik im zweiten Semester."

Sprachlos sah ich ihn an und dachte ich müsste im Erdboden versinken. Er sah nicht älter aus als Jerry oder Ich! Wie peinlich! Warum hatte Jerry mir das nicht gesagt?

„Ok..."

„Findest du es so schlimm, dass ich älter bin als du?"

„Nein, es kommt nur so überraschend. Ich dachte du bist etwa so alt wie ich, da war ich mir sogar ziemlich sicher. Tut mir leid."

„Wieso denn? Ich hätte es dir früher sagen müssen, aber ich habe anderes im Kopf gehabt und dachte es sei nicht so wichtig."

„Jetzt weiß ich es ja."

Ich lächelte ihn an, hatte mich aber immer noch nicht an diese neue Tatsache gewöhnt. Deswegen hatte er einen so erwachsenen Eindruck auf mich gemacht und sicherlich hatte er in diesem Fall auch schon mindestens eine Beziehung gehabt. Doch die Frage, ob es ein Junge oder ein Mädchen gewesen war, blieb mir vorerst offen.

„Meinst du wir sind hier vor den Augen und Ohren deiner Mutter sicher?"

„Na, ich hoffe doch!"

Er sah mich so zärtlich an, ich hätte schmelzen können. Seine Finger fuhren durch meine Haare und ich schloss die Augen. Ich spürte seinen Mund auf meinem und seine Hände, die sich unter meinen Pullover schoben, auf meinem Bauch. Wie sollte ich ohne Ryans Berührungen und sein Lächeln die lange Zeit der Trennung überstehen? Warum konnte sich mein Wunsch von Freitagabend nicht erfüllen und alles so bleiben, wie es war? Doch selbst diesen Augenblick durfte ich nicht genießen, da meine Mutter uns in dem Moment zum Essen rief. Ryan hielt inne und sah mich mit einem Grinsen an.

„Ok, dann essen wir eben vorher. Vorfreude ist doch auch was Schönes!"

Ich lief sofort puterrot an und bezweifelte, dass es sich wieder normalisiert hatte, wenn wir untern angekommen waren.

Kapitel 8

Ryan schien meine Mutter zu mögen, denn sie unterhielten sich und lachten viel, während wir in der Küche am Tisch saßen. Doch würde er sie auch noch mögen, wenn ich ihm von der geplatzten Urlaubsplanung erzählt hatte?

Nachdem wir unsere Teller geleert und noch etwa eine halbe Stunde geredet hatten, wollte ich Ryan wieder nur für mich haben, schließlich blieb uns nicht mehr viel Zeit. Ich stand auf, nahm meinen Teller, stellte ihn in die Spüle und bemerkte, dass Ryan mein Zeichen glücklicherweise verstanden hatte, ebenfalls seinen Teller vom Tisch nahm und sich bei meiner Mutter für das Essen herzlich bedankte.

Ich musste es ihm jetzt sagen, es wäre nicht fair ihn länger in dem Glauben zu lassen, dass wir uns bald wiedersehen würden.

Wir gingen wieder zurück nach oben und ließen uns rücklings nebeneinander aufs Bett fallen.

„Ich mag deine Mutter, sie ist sehr nett."

Ich schluckte.

„Ja, aber"

„Nichts aber. Solange sie uns nicht wieder stört, werde ich meine Meinung nicht ändern."

Er beugte sich nun über mich und küsste mich, mit dem Effekt, dass ich die Kontrolle über meinen Körper und meine Gedanken verlor. Nein! Das geht nicht! Ich muss es ihm sagen! Doch Ryan schien in nächster Zeit nicht von mir ablassen zu wollen. Sein Kuss dauerte an und ich hatte zu wenig Willenskraft ihn zu beenden. Nur einen Moment noch! dachte ich, aber als ich erneut seine Hände auf meinem

Oberkörper spürte, nahm ich all meinen Mut zusammen und drehte mich zur Seite weg.

„Was ist denn? Was hast du?", fragte er und sah mich mit einem verständnislosen Blick an. „Hey, nicht doch!" Er nahm mich in den Arm. Wahrscheinlich hatte er bemerkt, dass meine Augen glasig geworden waren.

„Ich muss dir was sagen", schniefte ich.

„So schlimm?"

Ich nickte.

„Du magst mich nicht mehr?"

„Nein, das ist es nicht. Ich liebe dich!"

„Wirklich?" Er hob meinen Kopf an, sodass sich unsere Blicke trafen und schenkte mir ein strahlendes Lächeln.

„Dann kann es aber nicht so schlimm sein, denn ich liebe dich doch auch!"

Er machte es mir nicht besonders leicht und ich wurde zunehmend unsicherer. Doch es führte kein Weg daran vorbei, er musste es erfahren, und zwar genau in diesem Augenblick!

„Es tut mir leid", begann ich, „aber ich darf in den Ferien nicht zu dir fahren."

„Aber wieso nicht?"

„Meine Mutter versteht nicht, dass wir so aneinanderhängen, wie auch?!"

„Weißt du was, Dan?"

Ängstlich sah ich ihn an und zuckte zusammen als er seine Hand hob.

Doch er strich mir nur über die Wange und fuhr mir dann, wie schon vor dem Essen, mit den Fingern durch die Haare. Ich liebte diese Geste, sie beruhigte mich, ließ mein Herz jedoch schneller schlagen.

„Jetzt liebe ich dich nur noch mehr."
Wie bitte?
„Dachtest du, dass sich meine Gefühle ändern, nur weil wir uns vielleicht ein paar Monate nicht sehen? Warst du deshalb so aufgelöst?"
„Ich wusste nicht, wie du reagieren wirst."
„Und? War meine Reaktion zufriedenstellend?"
Ich nickte glücklich und lehnt mich an seine Schulter.
„Na siehst du, dann sind wir jetzt quitt."
„Quitt?"
„Ja. Wir haben uns beide unnötig Sorgen gemacht, wie der andere auf eine Beichte reagieren könnte."
„Stimmt."
So hatte Ryan sich also gefühlt. Tatsächlich kam mir meine Sorge im Nachhinein auch überflüssig vor.
„Also, wenn das alles war, darf ich dich dann jetzt küssen?"
„Nein."
„Wie, nein?" Er hatte sich schon vorgebeugt und sah mich jetzt entsetzt an.
„Dieses Mal küsse ich dich!"
„Na warte!"
Schnell sprang ich auf und lief zur anderen Seite des Zimmers, bevor er mich festhalten konnte. Getrennt durch das Bett sahen wir einander grinsend an, dann kam Ryan um das Bett gelaufen, aber ich wich erneut aus, diesmal über das Bett. Er lief mir hinterher und so dauerte diese Verfolgungsjagd eine Weile an, bis Ryan mich schließlich doch noch fing. Lachend lagen wir auf dem Bett, Ryan hielt mich mit seinem Körper auf der Matratze und

endlich küsste ich ihn. Nichts hätte mich in dem Moment von ihm trennen können, das wusste er auch und doch zog er mich noch dichter an sich. Da ich jedoch nie nahe genug bei ihm sein konnte, schlang ich meine Arme um ihn und versank gänzlich in den leidenschaftlichen Abendstunden dieses Tages, die für uns vorerst die letzten sein würden.

Noch lange nachdem sich die Straßenlaternen draußen angeschaltet hatten und es in meinem Zimmer schon Nacht geworden war, lagen wir im Bett dicht aneinander gekuschelt, Hand in Hand und mochten weder die Augen öffnen, noch sprechen, aus Angst diesen Traum verlassen zu müssen. Wir lagen nur da und genossen die Dunkelheit, die es einfacher machte, sich auf das Gefühl, nicht auf die Umgebung zu konzentrieren. Den Augenblick des Abschieds wollten wir so lange wie möglich hinauszögern. Wahrscheinlich konnte sich Ryan ebenso wenig vorstellen, dass wir bald für lange Zeit getrennt sein würden, wie ich. Er wandte mir sein Gesicht zu und ich konnte darin eindeutig diese Traurigkeit und Verzweiflung sehen, die auch mich beschäftigte. Es war nicht fair! Wieso musste Ryan ausgerechnet jetzt wieder umziehen? Ja, genau! Wieso musste er mit seinen Eltern zurück nach England? Er war doch 20 Jahre alt, seine Eltern konnten nicht mehr verlangen, dass er bei ihnen wohnt. Warum also fuhr er mit? Eine Weile rätselte ich, ohne zu einer möglichen Antwort zu kommen und dann brach ich schließlich das Schweigen zwischen uns.

„Warum fährst du mit deinen Eltern nach England? Du bist doch längst volljährig!"

„Wenn das so einfach wäre! Ich würde niemals umziehen, wenn es sich verhindern ließe!"

Er seufzte und zeichnete mit den Fingern mein Schlüsselbein nach, als wollte er von seinem plötzlich aufgetretenen Zorn ablenken und sich beruhigen. Wenn ja, schien es zu funktionieren, denn als er wieder sprach war seine Stimme viel sanfter.

„Meine Eltern bezahlen mein Studium, und wenn ich in Deutschland bleiben würde, müsste ich alles selbst finanzieren. Sie wollen mich bei sich haben und nutzen es aus, dass ich mein Studium auf keinen Fall abbrechen will."

„Aber das ist Erpressung! Wollen deine Eltern denn nicht, dass du glücklich bist?"

„Sie denken, dass ich in England glücklicher wäre."

„Und, dass du hierbleiben willst, interessiert sie überhaupt nicht?"

„Nein."

Unglaublich! Diese Verständnislosigkeit kam mir sehr bekannt vor, aber meine Eltern haben mich immerhin nicht zu etwas gezwungen, das ich nicht wollte. Sie haben mir nur etwas verboten, das ich wollte und das war mir schon genug!

„Sie wissen ja nichts von dir", fügte er hinzu und gab mir einen Kuss auf die Stirn.

„Kommt mir bekannt vor." Aha! Er hatte ihnen also nichts gesagt.

Wieder lagen wir eine Weile still nebeneinander, bis dann doch der Moment gekommen war, den wir die ganze Zeit vor uns hergeschoben hatten.

„Ich muss los."

„Ich weiß", sagte ich und seufzte laut.

Er stand auf, suchte seine Kleidungsstücke zusammen und zog sich wieder an. Ich beobachtete ihn vom Bett aus und versuchte jede seiner

Bewegungen zu speichern, um sie später, wenn ich wieder allein war, erneut verfolgen zu können. Doch für diese lange Zeit, in der ich Ryan nicht sehen würde, hätte ich viel mehr Erinnerungen sammeln müssen, um nicht vollkommen zu verzweifeln und ihn nicht allzu sehr zu vermissen. Wie viel hatte ich denn schon gesammelt! Höchstens genug für eine Woche! Lange nicht so viel, wie ich für ein paar Monate benötigen würde!

„Willst du da liegen bleiben?", fragte er, als er sich gerade das T-Shirt und danach den Pullover über den Kopf zog.

„Ja. Bis du wieder zu mir kommst."

„Das geht nicht. Es ist jetzt schon zu spät."

Ich sah ihn mit einem aufgesetzten Schmollmund an und klopfte mit der Hand neben mich auf die Matratze.

„Ich habe wirklich keine Zeit." Doch dann lächelte er mich an. „Wenn du jetzt aufstehst, bekommst du noch einen Kuss."

„Na gut. Aber den Kuss hätte ich auch so bekommen."

„Wenn du meinst."

Er setzte sich aufs Bett und beugte sich zu mir hinunter, um mich zu küssen. Doch wie es zu erwarten war, wollte ich mich nicht mit diesem Kuss zufriedengeben. Ich wollte ihn ein letztes Mal neben mir liegen haben, also legte ich meine Hände in seinen Nacken und zog ihn zu mir nach unten. Er wehrte sich nicht gegen meine Umarmung, im Gegenteil. Er küsste nun auch noch meinen Hals und Oberkörper, wie er es schon während unserer ersten Nacht getan hatte. Dann gab er mir noch einen langen Kuss auf den Mund.

„So, jetzt ziehst du dich aber an. Das war sogar mehr als ich dir versprochen hatte."

„Ok" sagte ich grinsend und stieg aus dem Bett.

Nachdem wir nun beide angezogen waren, verließen wir mein Zimmer und gingen hinunter, wo Ryan sich seine Jacke und Schuhe anzog.

„Wie kommst du nach Hause?", fragte ich als er die Haustür öffnete.

„Mit dem Taxi. Ich habe es heute Morgen schon bestellt."

Deshalb hatte er es auf einmal so eilig gehabt.

„Es müsste bald da sein."

„Wann hast du deine ersten Semesterferien?"

„Im Februar."

„Das ist zu lange! Ich vermisse dich jetzt schon!"

Betrübt stellte ich fest, dass bis dahin noch gut zwei Monate waren. In der Zwischenzeit hatte ich nur einmal eine längere Zeit schulfrei und das waren die Weihnachtsferien. Das bedeutete, dass wir uns erst in zwei bis drei Monaten wiedersehen würden.

„Ich dich auch, aber es geht nun mal nicht anders!"

Ich ging auf ihn zu, legte meine Hände auf seine Schultern und gab ihm einen Kuss, der für knapp ein Viertel Jahr halten musste, damit es einigermaßen erträglich sein würde Ryan nicht jeden Tag zu sehen. Es war in dem Moment egal, ob uns meine Eltern oder irgendjemand sonst sah, einfach egal. Stirn an Stirn gelehnt standen wir vor der Haustür und Ryan strich mir ein letztes Mal durch die Haare.

„Ich liebe dich!", flüsterte er. „Mehr als alles andere!"

„Ich liebe dich auch!"

Tränen stiegen mir in die Augen und Ryan nahm mich in den Arm, als auch schon das Taxi kam und vor der Einfahrt hielt.

„Hey, du steckst mich noch an", sagte er und schenkte mir ein schwaches Lächeln.

„Pass auf dich auf!"

„Du auch!", schluchzte ich.

Dann ließ er mich los, ging zum Taxi und öffnete die Tür. Bevor er einstieg, warf er mir noch eine Kusshand zu und deutete auf seine Jackentasche. Wie konnte er mir immer wieder etwas zustecken, ohne dass ich es bemerkte? Ich steckte meine Hand in die Tasche und fand tatsächlich wieder einen gefalteten Zettel darin. Als ich wieder aufsah, hatte Ryan die Wagentür bereits zugezogen und das Taxi fuhr gerade an. Er winkte mir aus dem Fenster zu, ich winkte zurück und sah noch lange danach in die Richtung, in der das Taxi verschwunden war.

Schließlich ging ich wieder ins Haus, zog Jacke und Schuhe aus, stieg die Treppe hinauf, öffnete meine Zimmertür, warf mich aufs Bett, entfaltete den kleinen Zettel und fing augenblicklich an zu weinen. Jetzt war es endgültig! Ryan zog zurück nach England und hatte mir nur einen Zettel mit seiner neuen Anschrift, Telefonnummer und E-Mail-Adresse dagelassen. Doch da stand noch etwas auf dem Zettel: *„Ich liebe dich!"*

Kapitel 9

Hallo. „Hey, lächle doch mal wieder. Für mich", sagte Jerry als wir am nächsten Tag nach der Schule auf dem Weg zu ihm waren. Ich wollte zu Hause nicht allein sein. Meine Eltern arbeiteten heute beide bis abends, also hatte ich Jerry gefragt, ob ich nicht mit zu ihm kommen könnte. Er hatte nichts dagegen und so liefen wir nun schweigend nebeneinanderher.

Na ja, ich schwieg und Jerry unternahm einige erfolglose Versuche mich aufzumuntern, so wie diesen.

„Mir ist einfach nicht danach. Das wäre nur ein unechtes Lächeln."

„Auch gut, aber mach oder sag etwas. Irgendwas!", flehte er.

Ich überlegte kurz, doch mir fiel nicht ein, was ich Jerry sagen könnte. Was konnte ich ihm schon Neues berichten? Er wusste alles und meine Gefühle kannte er wahrscheinlich auch viel besser als ich selbst. Aber Moment! Hatte Jerry irgendwann einmal jemanden so sehr geliebt, dass er diese Person immer neben sich wissen wollte? War ihm dieses Gefühl nicht vollkommen fremd?

„Dan?"

„Ja?"

Überrascht sah ich auf.

„Wir sind da. Willst du nicht reinkommen?"

Jerry stand im Flur seines Hauses und wartete, die Türklinke in der Hand, darauf, dass ich eintrat. Ohne etwas zu sagen, ging ich an ihm vorbei ins Haus, doch ich schaffte es ein kleines Lächeln hervorzubringen.

„Na siehst du!", rief Jerry strahlend und klopfte mir etwas zu stark auf die Schulter.

„Okay, ist ja gut", sagte ich keuchend, doch Jerry war bereits singend in der Küche verschwunden.

„Was willst du trinken?"

„Wodka?", sagte ich und wartete ab, was nun geschehen würde. Tatsächlich erschien Jerrys Kopf kurz darauf in der Küchentür. Er sah mich verdutzt an und schien nicht recht zu wissen, was er darauf entgegnen sollte.

„Jerry, das war ein Scherz."

„Na... gut. Und was willst du wirklich trinken?"

„Einen Kaffee, bitte."

„Kommt sofort."

Und schon war er wieder aus meinem Blickfeld verschwunden. Da hatte ich dem Guten anscheinend einen großen Schreck eingejagt.

Wenige Minuten später saßen wir im Wohnzimmer auf dem Sofa. Auf dem Sofa! Ich vermisste eindeutig eine gewisse Person neben mir. Als ob er meine Gedanken gelesen hätte, sprach Jerry auf einmal genau dieses Thema an.

„Wie überstehst du die Zeit ohne Ryan?"

„Ich muss ja."

„Du schaffst das schon. Es ging vorher auch."

„Ja, aber seit ich Ryan kenne, möchte ich nicht mehr so leben wie vorher."

Es war mir schon vorher klar, dass Jerry dieses Gefühl nicht nachvollziehen konnte, aber es jetzt auch noch so direkt aus seinem Mund zu hören, war doch schon ein bisschen sehr schockierend für mich.

„Du siehst ihn doch wieder."

„Ja", schnaufte ich.

„Aber wann? Jerry darf ich dir mal eine Frage stellen?"

„Klar."

„Warst du schon einmal richtig verliebt?"

Verwirrt sah er mich einen Augenblick an und rang sich dann doch zu einer Antwort durch.

„Ja, ich denke schon."

„Auch so sehr, dass du keine Sekunde ohne sie sein wolltest?"

„Ja", sagte er und senkte seinen Blick. Zuerst huschte ein belustigtes Lächeln über sein Gesicht, dann schlug es genau ins Gegenteil um. Woher kam jetzt diese Traurigkeit? Hatte ich ihn an etwas erinnert, das er bis zu diesem Zeitpunkt verdrängt hatte? Aber dann musste er mich doch eigentlich verstehen.

„Jerry, habe ich etwas Falsches gesagt?"

„Nein, aber ich weiß, worauf du hinauswillst."

„Nämlich auf was?"

„Du bist der Meinung, dass ich dich in dem Fall verstehen müsste, nicht wahr? Und Dan, das kann ich auch, aber..." Wieder zeigte sein Gesicht einen Wandel von Gefühlen, als kämpfte in ihm die Traurigkeit gegen Belustigung oder was auch immer das Lächeln ausdrückte. Vollkommen hilflos saß ich neben ihm, ich hatte nicht die geringste Ahnung, was ich tun sollte. Irgendetwas, das mir früher nie aufgefallen war, löste in Jerry ein unglaubliches Unbehagen aus.

„Was ist denn los mit dir?", fragte ich, doch im selben Moment war mir bewusst, dass ich keine Antwort erhalten würde. Jerry war viel zu verschlossen, als dass er mir von seinem Inneren berichtet hätte.

„Hey." Ich stupste ihn leicht an, schenkte ihm ein Lächeln und hoffte, dass ich ihn dadurch wieder aus seinen Gedanken und zurück in die Gegenwart holen konnte. Tatsächlich schien es irgendeine Wirkung zu haben, denn seine Augen fanden ihren Glanz wieder und auch seine Gesichtszüge entspannten sich. Was auch immer da gerade ans Tageslicht gelangt war, Jerry hatte es nun wieder unter Kontrolle.

„Ich verstehe dich schon, Dan, aber denk daran, dass du auf jeden Fall jemanden hast, den du wiedersehen wirst und der dich auch wiedersehen möchte. Das ist sehr viel wert."

„Ich weiß, aber ich fühle mich einfach nicht vollständig ohne Ryan. Es ist wie man sagt: mir fehlt die bessere Hälfte."

„Natürlich, aber ich sag´s dir noch mal: du wirst ihn wiedersehen, denn er liebt dich wirklich, Dan. Das weiß ich ganz genau."

„Danke Jerry." Zufrieden lehnte ich mich zurück. Er hatte Recht! Er hatte vollkommen Recht! Ich würde Ryan wiedersehen! Der Gedanke verbreitete eine angenehme Wärme in meinem Körper, doch kurz darauf wurde die friedliche Stimmung durch das Knurren meines Magens gestört. Ich hatte nach der Schule noch nichts gegessen.

„Oh Gott! Sorry Dan, ich habe vergessen das Essen zu machen."

„Du willst kochen?" Ich setzte eine gespielt angeekelte Mine auf und spürte sofort den Schlag gegen meine Rippen, zu dem Jerry augenblicklich ausgeholt hatte.

„Du hast gewonnen, ich gebe auf. Ich weiß doch, dass du ein klasse Koch bist." Das war keinesfalls gelogen, Jerry zauberte die unglaublichsten Dinge auf den Tisch. Da seine Eltern jeden Tag erst spät nach Hause kamen, hatte er lernen müssen sich sein Mittagsessen selbst zuzubereiten. Mit Erfolg!

„Was gibt´s denn?" Lechzend und wirklich sehr hungrig folgte ich Jerry in die Küche, wobei ich ihm beinahe in die Hacken getreten wäre.

„Hey! Du darfst den Sicherheitsabstand gerne einhalten." Er hielt mir das Kochbuch vor die Augen und deutete auf ein Bild. Der Titel der Seite lautete: ‚Hühnerbrustfilet in Erdnusssoße'.

„Wow, heute mal asiatische Küche!" Ich las mir das Rezept durch und stellte entsetzt fest, dass das Huhn eine Stunde vorgekocht werden musste und dann noch das Fleisch von Knochen und Knorpel zu befreien war. Das würde sicherlich eine Ewigkeit dauern.

„Dan, kannst du das Gemüse schneiden? Dann kann ich schon mal die Soße anrühren."

„Ja, mach ich, aber was ist mit dem Huhn?"

„Das ist schon fertig."

Er öffnete den Kühlschrank und hervor kam ein mit kleinen Hühnerstückchen gefüllter Teller. Erleichtert atmete ich aus. Der Rest dürfte nicht mehr allzu lange dauern.

Eine halbe Stunde später nahm Jerry die fertige Pfanne von der Herdplatte und stellte den Abzug aus. Endlich! dachte ich, denn dieses laute Pusten war mir allmählich auf die Nerven gegangen. Die nun eingetretene Stille war mir hundertmal lieber. Jerry nahm zwei Teller und Besteck aus dem Schrank und wir fühlten uns beide einen großen Berg von diesem köstlich duftenden Mahl auf die Teller.

„Was würde ich nur ohne dich machen?", fragte ich.

„Verhungern und immer noch Trübsal blasend in deinem Zimmer hocken."

„So deutlich wollte ich das gar nicht wissen."

„Dann habe ich deine Erwartung also übertroffen?"

„Nein, so habe ich das nicht... ach, ich gebe es auf mit dir. Du bist ein Quatschkopf ohne Aussicht auf baldige Genesung, der mir immerzu das Wort im Mund umdrehen muss."

„Oh, danke vielmals."

„Gerne."

Nach dieser überaus wertvollen Unterhaltung stürzten wir uns auf das Essen. Es war köstlich und ich konnte mich gerade noch davon abhalten ein drittes Mal nachzunehmen.

„Morgen stehe ich dann wieder vor der Tür und bestehe auf mein Mittagessen."

„Wenn es dich glücklich macht."

Verwirrt sah ich Jerry an und suchte in seinem Gesicht nach Hinweisen darauf, dass das eben Gesagte nur ein Scherz war. Doch auch beim genaueren Hinsehen war nichts zu erkennen. Auf eine weitere Nachfrage von meiner Seite verabredeten wir uns tatsächlich für den nächsten Tag und mir lief bei dem Gedanken, was mich Morgen erwarten könnte, schon das Wasser im Mund zusammen.

„Und was gibt es dann morgen?"

„Hmm, mal sehen. Wie wär's es mit einer Pizza?"

Ich zog eine Augenbraue hoch und sah Jerry finster von der Seite an.

„Ich sehe schon. Du willst ein Fünf-Sterne-Menü."

„Schon eher", sagte ich nickend.

„Also schön, ich werde mir etwas einfallen lassen. Wie immer."

Das tat er dann auch und ich war mit dem Ergebnis höchst zufrieden, denn am nächsten Tag sagte mir ein Blick auf das aufgeschlagene Kochbuch, dass es heute Kartoffelgratin mit frischem Salat geben sollte. Jerry kannte meine Schwäche für Kartoffeln und Salat und hatte somit genau die richtige Wahl getroffen. Wie schon am Tag zuvor standen wir gemeinsam in der Küche und trafen die letzten Vorbereitungen, bevor wir uns, erneut ausgehungert wie junge Wölfe, das Essen auf die Teller füllten.

„Perfekt!", lobte ich den Koch. „Was machst du eigentlich morgen?", fragte ich mit meinem halbvollem Mund.

Einen Moment sah mich Jerry wie versteinert an, dann füllten sich seine Augen langsam mit Tränen und schließlich konnte er den Drang nicht länger unterdrücken und fing laut an zu lachen. Dabei unternahm er den nicht sehr sorgfältig überdachten Versuch seine Salatsoße während des Einatmens hinunterzuschlucken, was unweigerlich einen starken Hustenkrampf und Tränenfluss zur Folge hatte. Keuchend saß er mir gegenüber und sah mich mit einem vorwurfsvollen Blick an, was ich jedoch nur mit einem frechen Grinsen kommentierte. Immerhin hatte er sich verschluckt, da er den Unterschied zwischen Luft- und Speiseröhre offensichtlich nicht ganz verstanden hatte und dafür fühlte ich mich nun wirklich nicht verantwortlich.

„Du bekommst nichts mehr von mir!"

„Aber, aber..."

Ich sah ihn mit großen traurigen Kulleraugen an und war erfreut ein Grinsen auf Jerrys Gesicht zu entdecken. Also morgen auf ein Neues! dachte ich mir. Von einem plötzlichen Anfall von Freude und Dankbarkeit überwältigt, stand ich auf, ging um den Tisch herum und fiel Jerry um den Hals und gab ihm einen Wangenkuss.

„Danke für alles!"

Überrascht und wahrscheinlich auch ein wenig geschockt von meinem Sentimentalitätsausbruch saß Jerry kurz vollkommen regungslos da, schloss mich dann jedoch ebenfalls in seine starken Arme. Ein wohlbekanntes Gefühl breitete sich in mir aus. Wie hatte ich mich seit vorgestern nach diesem Gefühl gesehnt, das man Geborgenheit nennt! Beinahe hätte ich vergessen, dass es nicht Ryan war, den ich im Arm hielt, also brachte ich wieder etwas Abstand zwischen Jerry und mich.

„Wofür war das jetzt?"

„Dafür, dass es dich gibt. Ich wüsste nämlich nicht, was ich ohne dich machen würde."

„Du gefällst mir noch besser, seit du schwul bist, weißt du das?"

„Jerry! Ich meine das ernst!"

„Ich auch. Vielleicht ist es dir nicht aufgefallen, aber du hast dich verändert. Du bist etwas sentimentaler, aber auch erwachsener und wie ich finde sogar noch liebenswerter geworden."

„Jetzt hör auf, das ist ja peinlich."

„Wieso denn? Frag doch Ryan, der wird dir das bestätigen, wenn du es mir nicht glauben willst."

Ich schwieg, denn ich wusste keine Antwort, die zu dieser Situation gepasst hätte. Meine Gedanken waren durch die Erwähnung dieses Namens auch ohnehin in eine etwas andere Richtung gelenkt worden.

„Fang jetzt nicht wieder an dich in deinen eigenen Gedanken zu verirren. Das hat in letzter Zeit auch gut ohne funktioniert, oder nicht?!"

„Du hast Recht. Schon wieder. Ich werde mich jetzt auf den Rückweg machen. Die Hausaufgaben erledigen sich schließlich nicht von allein."

„Na gut. Ach so, wegen morgen, da kann ich leider nicht. Wir fahren nach Lüneburg zu meinen Großeltern, weil sie ihre goldene Hochzeit feiern, aber du kannst am Freitag gerne wieder mitkommen."

„Ok, dann werde ich morgen mal wieder ein bisschen was für die Schule tun. Bis dann."

Goldene Hochzeit! Das bedeutete, sie würden ihren fünfzigsten Jahrestag feiern. Ob sie jeden gemeinsam verbrachten Tag dieses halben Jahrhunderts genießen konnten? Waren sie je getrennt worden?

Auf dem Weg nach Hause fanden meine Gedanken, trotz Jerrys Abraten, wieder zu Ryan und ich beschloss ihn noch am selben Abend anzurufen. Vorfreude kam in mir auf und ich beschleunigte das Tempo meiner Schritte.

Grinsend öffnete ich die Haustür und lief sofort ins erste Stockwerk, in mein Zimmer und schloss dir Tür hinter mir.

Ich wählte die Nummer und wartete auf das Klicken in der Leitung. Und da war es!

„Hallo? Dann bist du das?"

„Ja, hi." Bei dem Klang seiner Stimme spürte ich viele Stiche, wie kleine Stromstöße, an meinem ganzen Körper und fing leicht an zu zittern. Es war ein wunderschönes Gefühl, vergleichbar mit dem Eintauchen ins heiße Badewasser an einem bitterkalten Wintertag. In Sekundenschnelle war ich ihm verfallen und hatte nur noch einen Wunsch: jetzt bei ihm zu sein.

„Schön, dass du anrufst. Ich vermisse dich!"

„Und ich dich erst! Seid ihr gut angekommen?"

„Ja, einigermaßen. Das Haus ist schön, aber wir müssen noch alles einrichten und das braucht nun mal seine Zeit. Aber es gibt Schlimmeres."

„Und das wäre?" Ich wusste, oder zumindest hoffte, was die Antwort sein würde.

„Ich habe etwas in Deutschland vergessen."

„Oh."

Enttäuscht sah ich zu Boden und zählte die Fusseln, die sich dort gesammelt hatten.

„Brauchst du es denn dringend?"

„Ja, es war das wichtigste von allem."

„Aha, und was soll das gewesen sein? Soll ich es dir schicken, oder ist es dafür zu groß?"

„Das auch, ja, aber es sprechen auch noch genug andere Gründe dagegen."

„Welche denn?"

„Unsere Eltern zum Beispiel."

Langsam ging mir ein Licht auf und ich beschloss mich auf das Spiel einzulassen.

„Und was machen wir da?"

„Schmuggeln?"

„Großartige Idee!", schnaufte ich, denn die Vorstellung, dass ich im Laderaum eines Flugzeugs in einer Kiste reisen sollte, war einfach zu komisch.

„Nicht wahr?!" Ich konnte ihn mir bildlich vorstellen wie er sich die Telefonschnur, falls vorhanden, um den Finger wickelte und ein schelmisches

Grinsen aufgesetzt hatte. Was hätte ich nicht alles gegeben, um dieses Lächeln zu sehen.

„Na ja. Da muss wohl noch eine andere Idee her, du Scherzkeks."

„Allerdings."

„Ryan?"

„Hm?"

„Ich liebe dich!"

„Ich liebe dich auch, mein Kleiner!" Das war zu viel für mich! Ein Fieberthermometer wäre sicherlich geplatzt bei den Temperaturen, die in meinem Körper aufstiegen.

Scheinbar genauso ruhig und gelassen wie noch vor wenigen Augenblicken, sprach Ryan weiter.

„Und was machst du den ganzen Tag? Gibt es etwas neues?"

„Nein, es gibt nichts neues. Ich war bis jetzt jeden Tag bei Jerry, da komme ich auch gerade her."

„Das hört sich nach einigen gemütlichen Nachmittagen an. Grüß ihn von mir."

„Mache ich."

„Hat er dir was gekocht?"

„Was glaubst du warum ich zu ihm gehe!"

„Aha, daher also."

„Ja, genau. Aber es ist auch eine gute Ablenkung."

„Mit was lenkt er dich denn ab?"

„Bist du etwa eifersüchtig?"

„Bei Jerry kann man da doch nie sicher sein."

„Aber Jerry ist ja nicht schwul. Du brauchst dir keine Sorgen machen, auch nicht wegen irgendwelcher anderen Typen. Ich will nur dich!" Typisch! Ich will immer das, was ich nicht haben kann, zumindest nicht in diesem Moment. Aber ich vermisste ihn so sehr, seine Berührungen, seine Küsse, sein Lächeln. All dies fehlte mir unendlich und das musste ich noch eine Ewigkeit aushalten.

„Da bin ich ja beruhigt." Er hatte sich tatsächlich ernsthafte Sorgen gemacht, diese Seite war mir vorher nie an ihm aufgefallen. Das erinnerte mich an einen anderen Punkt, den ich unbedingt noch ansprechen musste.

„Jerry hat gesagt, ich hätte mich verändert und du würdest mir das bestätigen, stimmt das?"

„Ja."

„Wie, ja?"

„Ja wie ja."

„Aber du kennst mich doch noch gar nicht so lange."

„Das reicht schon. Der Unterschied zwischen Jerrys Geburtstag und heute ist schon deutlich, aber man selbst bemerkt eine solche Veränderung meistens nicht."

„Scheint so. Jerry hat mich damit schön überrumpelt."

„Kann ich verstehen. Du, Dan, ich muss Schluss machen, wir haben noch so viel Krimskrams hier herumliegen, dass nur darauf wartet in die Regale und Schränke gestellt zu werden."

„Okay."

„Ich melde mich bei dir."

„Ja, ist gut. Schlaf schön."

„Wird schwierig ohne dich."

„Wem sagst du das?!"

„Bis bald. I Love you!"

„I Love you, too!"

Mit einem erneuten Klicken in der Leitung war unser Gespräch beendet. Ich legte ebenfalls auf, starrte noch einen Moment Löcher in die Luft und machte mich schließlich an die verbliebenen Hausaufgaben.

Kapitel 10

Ob es gut ist. „Ist das jetzt ein gutes oder ein schlechtes Zeichen, dass du so strahlst?", fragte mich Jerry am Freitag, nachdem wir unser Mittagessen beendet und uns im großen Wohnzimmer niedergelassen hatten.

„Ein gutes. Ich habe gestern Abend mit Ryan telefoniert."

„Ah, das erklärt natürlich alles. Gibt es denn etwas Neues bei ihm?"

„Nein, eigentlich nicht. Ich soll dich von ihm grüßen."

„Danke. Ist wieder typisch für ihn. Er kann mir das nicht selbst sagen."

„Na ja, er hat sehr wenig Zeit, weil der Umzugsstress noch nicht ganz vorbei ist. Deshalb konnten wir auch nur etwa eine viertel Stunde miteinander sprechen."

„Na gut, ich kenne ihn ja schon länger und bin das bereits gewohnt. Sonst hat er nichts erzählt?"

„Nur, dass er das Wichtigste hier vergessen hat."

Ein verlegenes Lächeln huschte über mein Gesicht, so dass Jerry nicht sehr lange irgendwie nachdenken musste.

„Da kann man ja glatt eifersüchtig werden."

„Wie meinst du das?"

„Ach, nur so."

„Du hast schon Recht, das war wirklich süß von ihm", seufzte ich und nippte an meinem schwarzen Kaffee.

„Am liebsten würde ich mich ins nächste Flugzeug setzen und zu ihm fliegen, aber leider ist das vollkommen unmöglich und viel zu teuer."

„Dann fehlt euch eindeutig beiden die bessere Hälfte. Nur gut, dass ich mir nur dein Genörgel anhören muss."

„Hey!" Reflexartig schnappte ich mir das nächstgelegene Kissen und warf es Jerry entgegen, der leider viel zu schnell reagierte und es kurz vor seinem Gesicht abfing.

„Stopp, stopp! Ich mache dir einen Versöhnungsvorschlag."

„Nämlich?" Neugierig sah ich ihn an und entschied, dass zweite Kissen vorerst nicht nach ihm zu werfen.

„Ich lade dich in ‚dein Café' ein."

„Echt?"

„Na klar. Und danach können wir noch ein bisschen durch die Stadt bummeln, wenn es dir recht ist. Wir haben immerhin Wochenende und müssen uns um keinerlei Hausaufgaben kümmern."

„Das ist eine sehr gute Idee, Jerry! Du bist der Beste!"

„Ich weiß. Also lass uns gehen."

Wir fuhren mit dem Fahrrad, um die frische Luft und die Sonnenstrahlen, die in den vergangenen Tagen leider ausgeblieben waren, zu genießen. Der Wind, der von hinten kam und uns die Fahrt somit erleichterte war angenehm kühl und ließ die Natur lebendig erscheinen. Die feinen Äste der kahlen Bäume und Sträucher sowie die Gräser wiegten sich leicht hin und her, erstarrten in einer der kurzen windstillen Augenblicke und begannen ihren Tanz erneut. Keine Wolke bedeckte den Himmel und uns wurde dadurch ein freier Blick auf diese strahlend blaue Fläche gewährt, die sich in der Unendlichkeit zu verlieren schien. Es war einer dieser Tage, an denen man sich innerhalb eines Gebäudes nicht lange wohlfühlt und den Drang verspürt etwas draußen in der Natur zu unternehmen. Auch aus diesem Grund war ich sehr froh über Jerrys Vorschlag gewesen, doch um sich außerhalb des Cafés an einen Tisch zu setzen, war es jedoch leider zu kühl. Nachdem wir unsere Fahrräder nahe des Cafés angeschlossen hatten, betraten wir dieses, gingen zielstrebig in die hintere Ecke des verwinkelten Raumes und stellten begeistert fest, dass unser Stammtisch noch nicht belegt war. Gerade hatten wir uns gesetzt und die Jacken über unsere Stuhllehnen gehängt, als auch schon der Kellner an den Tisch trat und unsere Bestellung aufnehmen wollte.

„Guten Tag! Ein Eiscafé und ein Mokka?"

„Ja, stimmt genau."

Ohne sich etwas zu notieren, wandte er sich ab und ging in Richtung Küche.

„Es ist doch immer wieder lustig", sagte Jerry grinsend und ich konnte ihm nur zustimmen.

Obwohl wir nicht an der frischen Luft sitzen konnten, verbrachte ich einen entspannten Nachmittag mit meinem besten Freund in meinem Lieblingscafé und dachte nicht ein einziges Mal an den großen Verlust, der mich für gewöhnlich den ganzen Tag beschäftigte.

Die Zeit verging wie im Flug und als wir den letzten Schluck aus unseren Gläsern genommen hatten, war es bereits dunkel geworden, doch die Stadt war beleuchtet von vielen Lichterketten, die an Häusern, Laternenpfählen und in Bäumen hingen. Mit einem Schlag wurde mir bewusst, dass Weih-nachten, das Fest der Liebe, immer näher rückte, ja greifbar nahe war. Die Lichterketten, die Schokoladenweihnachtsmänner in den Geschäften, die Heiterkeit, aber auch der Stress, der durch die Weihnachtseinkäufe aufkam, all dies kündigte schon seit einiger Zeit das große Event an. Es war einfach alles an mir vorübergegangen. Nicht einmal einen Gedanken hatte ich bisher an Weihnachten verschwendet.

Wozu auch?!

Ryan war in England, Jerry verreiste wie jedes Jahr und ich würde die drei Feiertage zu Hause mit meinen Eltern verbringen. Die letzten Jahre hatte mir das auch vollkommen ausgereicht, ich war immer glücklich und zufrieden gewesen, aber jetzt, da etwas Besonderes in mein Leben getreten war, reichte das Gewöhnliche leider nicht mehr ganz aus.

Jerry räusperte sich und setzte sein Glas geräuschvoll auf dem Tisch ab.

„Wo bist du denn jetzt schon wieder in deinen Gedanken?"

„Weihnachten", nuschelte ich in den Kragen meines Pullovers.

„Ach komm schon! Den ganzen Tag hast du nicht daran gedacht, warum jetzt?"

„Du hast Recht! Aber dann musst du mich ablenken."

„Sehr witzig der Herr! Womit denn?"

„Dir fällt schon etwas ein."

Zuversichtlich sah ich Jerry an und wartete auf eine Reaktion, doch uns beiden schien der Gesprächsstoff in den letzten zwei Stunden ausgegangen zu sein.

„Den Bummel durch die Stadt können wir glaube ich vergessen", bemerkte ich.

„Stimmt, die Läden schließen bald, oder sind sogar schon zu. Schade! Dann müssen wir das wohl verschieben."

„Sieht so aus. Was machen wir stattdessen?"

„Mal sehen... Wir könnten uns einen Film ausleihen und es uns bei mir gemütlich machen."

„Gut. Machen wir das."

Jerry winkte dem Kellner zu und bezahlte unsere beiden Getränke. Fünf Minuten später verließen wir das Café, schlossen unsere Fahrräder ab und machten uns auf den Rückweg, nachdem wir bei der Videothek gehalten und uns einen Film ausgesucht hatten. Meinen Eltern sagte ich telefonisch Bescheid, dass ich auch über Nacht bei Jerry bleiben würde und folgte diesem anschließend in sein Zimmer. Seine Eltern sahen sich unten im Wohnzimmer einen Film im Fernsehen an, daher mussten wir es uns oben gemütlich machen.

Sehr schwer war das nicht, denn Jerrys Zimmer bestand geradezu aus den bequemsten Sitzgelegenheiten. Ich entschied mich wie immer für die Hängematte, die etwa in der Mitte des Zimmers hing und Jerry legte sich bäuchlings auf sein Bett, nachdem er die DVD angeschaltet hatte. Wir hatten uns für den Film „Interview mit einem Vampir" entschieden, da man ihn, um Jerry zu zitieren, ‚mindestens dreimal gesehen haben muss'. Als ich ihm gesagt hatte, dass ich den Film nicht ein einziges Mal gesehen hatte, war er sofort mit der DVD zur Kasse gegangen, ohne mich nach meinem Einverständnis zu fragen.

Erschöpft von der anstrengenden letzten Woche lag ich nun in der Hängematte und kämpfte gegen die Müdigkeit, die sich mit jeder Sekunde weiter in mir ausbreitete. Oft fielen mir die Augen zu, doch ich schaffte es, mir den Film bis zum Ende anzusehen. Während der letzten Szene wurde ich von einem lauten Schnarchen aufgeweckt und stellte belustigt fest, dass Jerry den Kampf gegen die Müdigkeit verloren hatte.

Der letzte Satz in dem Film war gesprochen und Jerry schlief bereits, also schaltete ich den Fernseher aus, legte mich zurück in die Hängematte und war innerhalb weniger Sekunden ebenfalls eingeschlafen. Ich hatte mich vorher weder umgezogen noch mir die Zähne geputzt, doch da Jerry auch noch seine Tageskleidung trug, störte es mich nicht. Allerdings war das Schlafen dadurch nicht sonderlich bequem und infolgedessen wachte ich mitten in der Nacht auf. Ich beschloss mir die Jeans und den Pumapullover auszuziehen und eines der vielen bunten Sofakissen zusätzlich unter meinen Kopf zu legen.

Viel besser! So würde ich bis zum nächsten Morgen durchschlafen können. Zumindest dachte ich das, bis ich ein leises Brummen und Murmeln vernahm, das eindeutig aus Jerrys Richtung kam. Ich setzte mich auf und sah grinsend zu ihm hinüber. Auch wenn es sehr verlockend war Jerrys Monolog zu lauschen, entschied ich mich dagegen, da ich nichts über Jerry erfahren wollte, was er mir bisher verschwiegen hatte. Wenn es etwas gab, das er mir nicht erzählt hatte, dann sollte er selbst den Moment wählen, an dem er es mir sagen wollte. Etwa einen Atemzug später änderte ich meine Meinung. Leise und kaum hörbar flüsterte Jerry ein einziges Wort, nur ein Wort, aber eben dieses ließ mich die letzten Stunden der Nacht wachliegen.

Ryan.

So sanft und liebevoll sprach er diesen Namen aus, dass ich eine Gänsehaut bekam. Nur dass dies ausschließlich der Folge meiner Angst und Eifersucht war, wie ich sie niemals zuvor verspürt hatte. Doch das Schlimmste war der sehnsüchtige Klang in seiner Stimme, der meine Gefühle der letzten Tage besser wiedergab, als ich sie jemals hätte mit Worten beschreiben können.

Unfähig mich zu bewegen, starrte ich Jerry an und hoffte innerlich, dass er aufwachen und alles erklären würde. Konnte es sein? Konnte es sein, dass Jerry ebenso viel für Ryan empfand wie ich? Hätte es mir in dem Falle nicht auffallen müssen? Fragen über Fragen und doch fand ich keine Antwort, nicht mal eine.

„Guten Morgen", gähnte Jerry am nächsten Morgen, nachdem er seine Bettdecke zurückgeschlagen hatte.

„Morgen."

„Hast du gut geschlafen?"

„Teilweise ja."

„Ist ja auch etwas ungemütlich in der Hängematte. Du hättest doch auch auf dem Sofa schlafen können."

„Die Hängematte war nicht das Problem." Sollte ich ihn direkt auf die letzte Nacht ansprechen? Vielleicht war es alles nur ein Missverständnis und ich würde Jerry zu Unrecht beschuldigen, doch auf der anderen Seite wollte ich eine Antwort. Was sollte ich tun?

Ich beschloss, ihn darauf anzusprechen, um mir weitere Grübeleien zu ersparen. Außerdem hatte sich Jerry schon am Dienstag sehr merkwürdig verhalten und es konnte ja immerhin sein, dass da eine Verbindung bestand.

„Sondern?"

„Du."

„Ich? Habe ich so laut geschnarcht?" Er fing an zu lachen, verstummte jedoch als er mein ernstes Gesicht bemerkte.

„Was ist denn los mit dir?"

„Du hast im Schlaf gesprochen."

„Ach, und deshalb konntest du nicht schlafen?"

„So in etwa."

„Jetzt lass dir doch nicht alles aus der Nase ziehen! Was ist so schlimm daran, dass ich im Schlaf gesprochen habe? Habe ich dich beleidigt?"

„Nein."

„Was ist dann?"

Jetzt musste es raus! Doch wie sollte ich anfangen?

„Weißt du noch, was du geträumt hast?"

„Nein, wieso?"

„Ich weiß es. Du hast von Ryan geträumt. Kannst du mir erklären warum?"

Stille. Jerry sah zu Boden und in diesem Moment wusste ich, dass zumindest ein Teil meiner Vermutungen der Wahrheit entsprach.

„Jerry, warum?" Ich war weder wütend noch in irgendeiner anderen Art verärgert, sondern einfach enttäuscht.

„Wahrscheinlich hast du Recht. Es wäre nicht fair, es dir länger zu verheimlichen."

Jetzt wurde mir sehr mulmig in der Magengegend. Wollte ich das wirklich wissen?

„Du musst mir aber glauben, was ich dir sage, auch wenn es dir wahrscheinlich schwerfallen wird."

„Okay."
„Ich... ich war vor etwa drei Jahren... in Ryan verliebt, wie du jetzt."

Kapitel 11

Den ganzen Tag war ich von einem Zimmer zum anderen gelaufen, die Treppe hoch und wieder runter, jedes Mal beladen mit gefüllten Kartons. Zu einem Umzug gehört nun mal unendlich viel mehr als nur die Fahrt vom einen zum anderen Wohnsitz.

Erschöpft fiel ich auf mein Bett und schloss die Augen. Es war erst 20 Uhr abends und doch war ich so müde wie schon lange nicht mehr. Zum ersten Mal an diesem Tag war ich allein für mich, meine Eltern hatten sich spontan zu einem Spaziergang an der kühlen Winterluft entschlossen und das Haus in einsamer Stille zurückgelassen. Kein Geräusch war zu hören. Kein Scharren der vielen Kisten und Koffer, die über den Boden geschoben wurden, kein Knarren der Treppe und vor allem keine Rufe oder Befehle, die in den noch leeren Zimmern widerhallten. Nur mein Atem und das langsam schneller werdende Klopfen meines Herzens durchzog die Stille.

Verschwunden war das hektische Treiben in diesem Haus, das mich die ganze Zeit von meinen Gedanken abgelenkt hatte. Nun wurden meine Sehnsucht und mein Verlangen wieder stärker. *Dan!* Ich erinnerte mich an unsere gemeinsam verbrachte Zeit. Die schönen Stunden, die viel zu schnell vergangen waren. An seinen liebevollen Blick, wenn er mir sagte, dass er mich liebt. Was war es, dass das Schicksal dazu bewogen hatte uns zu trennen? Warum hatte es uns zusammengeführt, um uns nach so kurzer Zeit wieder auseinanderzureißen? Niemand hatte mir je so viel bedeutet wie Dan und ohne ihn hier zu liegen, erschien mir wie eine Strafe; eine

Strafe ohne Straftat, die mir daher so unendlich sinnlos vorkam.

Oft ertappte ich mich selbst dabei, wie ich Löcher in die Luft starrte und in meiner Handlung innehielt, um nur für einen winzigen Augenblick Dan bei mir zu haben. Wenn schon nicht direkt in meiner Nähe, dann doch immerhin in Gedanken, vor meinem inneren Auge. Was er wohl jetzt gerade tut? Am Mittwochabend hatte er mich angerufen und ich durfte endlich wieder seine Stimme hören. Jerry schien ihn ein wenig abzulenken, das hatte er mir zumindest versichert. Aber konnte ich Jerry trauen? War Dan bei ihm in guten Händen? Sicher war er das! Die beiden sind doch unzertrennliche Freunde! Unzertrennlich? Ja, doch war das von Vorteil? Vor drei Jahren war ich an Dans Stelle gewesen und schon damals hatte Jerry den Begriff ‚Freundschaft' falsch definiert. Konnte ich mir denn sicher sein, dass diese Phase vorbei war?

Damals war ich siebzehn Jahre alt und hatte mir erst vor Kurzem eingestanden, dass ich ausschließlich Jungs attraktiv fand. Jerry kannte ich zu dem Zeitpunkt schon etwas länger und wie er auf mein Outing reagiert hatte, würde ich nie vergessen. Wir hatten im Park auf einer Bank gesessen, ich war so nervös wie noch nie zuvor gewesen, doch er hatte ohne Unterbrechung auf mich eingeredet. Ich hatte keine Lücke in seinem Redeschwall finden können, in der ich ihm meine neue Erkenntnis hätte anvertrauen können und hatte deshalb weiterhin geschwiegen. Jeder Muskel meines Körpers war angespannt, die Finger verkrampft und meine Stimmbänder schienen nicht mehr funktionstüchtig gewesen zu sein. Kein Wort war über meine Lippen gekommen, bis mich Jerry am Arm gepackt und leicht geschüttelt hatte. „Ryan, wo bist du gerade?", hatte er gefragt und mich verdutzt angesehen. Mit einem Mal war mir alles egal gewesen. Ich hatte es loswerden müssen, es jemandem anvertrauen und Jerry habe ich immerhin für meinen besten Freund gehalten, ich hatte ihm vertraut. „Ich bin schwul", hatte ich also tonlos gesagt.

Als Jerry nach kurzem Zögern aufgestanden war, hatte ich gedacht er würde davonlaufen und niemals wieder ein Wort mit mir wechseln. Doch er hatte sich nicht von mir entfernt, im Gegenteil, er ist auf mich zu gekommen, neben mir stehengeblieben und hatte mir seine Hände auf die Schultern gelegt. Aus Angst, er könnte mich schlagen wollen, hatte ich die Augen zusammengekniffen und auf den Schmerz gewartet. Ich hatte seine Hand auf meinem Gesicht gespürt, doch sie hatte mich nicht verletzt, sondern nur sanft über meine Wange und Lippen gestrichen, wo sie schließlich von seinem Mund abgelöst wurde. Entsetzt hatte ich die Augen wieder aufgerissen und Jerry von mir gestoßen.

„Was sollte das? Ich habe gesagt ich bin schwul, nicht ich liebe dich!" Aufgebracht und ungläubig hatte ich mit den Armen gefuchtelt und Jerry fassungslos angestarrt. Dass mein Geständnis nicht ohne Folgen bleiben würde, war von vornherein klar gewesen, aber dass es mein ganzes Leben dermaßen auf den Kopf stellte, hatte ich nicht vorhergesehen. Tatsächlich hatte sich seitdem einiges geändert. Jerry war kurz darauf nach Deutschland gezogen und ich hatte ihn erst wiedergesehen als meine Eltern sich ebenfalls entschieden hatten nach Stade zu ziehen. „Ist es nicht schön, wenn du endlich wieder in derselben Stadt wie Jerry lebst?", hatten sie gesagt, doch gerade davor hatte ich mich schrecklich gefürchtet. Nachdem er mich im Park geküsst hatte, hatte er sich erneut neben mich auf die Bank gesetzt und mir gestanden, schon einige Zeit in mich verliebt zu sein.

Als meine Eltern und ich in Stade angekommen waren, hatte ich nicht den blassesten Schimmer gehabt, wie ich ihm nach der Zeit wieder unter die Augen treten sollte. Ein schüchternes ‚Hallo' beim ersten Treffen war auch vorerst das Einzige gewesen, was wir uns zu sagen hatten. Es verging wieder eine lange Zeit, in der wir uns nicht gesehen und auch nicht miteinander geredet hatten, doch zum Glück hatte auch dies irgendwann ein Ende gefunden. Jerry hatte den ersten Schritt gemacht und mich zu sich nach Hause eingeladen. Wir haben uns ausgesprochen und sind uns am Ende in die Arme gefallen, glücklich nicht länger auf den Beistand und die Freundschaft des anderen verzichten zu müssen. Jerry selber tat seine frühere Verliebtheit ab, indem er sie in der Schublade ‚jugendlicher Leichtsinn' unterbrachte.

Etwas weniger als ein Jahr später hatte ich Dan kennengelernt und auch durch Jerrys große Unterstützung konnte ich ihn nun meinen Freund nennen, den ich über alles liebte.

Jetzt lag ich auf meinem Bett, hier in England, zurückgeworfen in einen früheren Lebensabschnitt, den ich für lange Zeit aus meinem Gedächtnis gelöscht hatte und kam mir vor wie ein Verräter, da ich meinem besten Freund nicht einmal das Minimum an Vertrauen entgegenbrachte und ihm sogar zutraute, dass er sich, während meiner Abwesenheit an meinem Freund vergriff. War ich so nachtragend? Immerhin hatte Jerry Dans Coming Out nicht mit einem Kuss und einem Liebesgeständnis kommentiert. Und doch ging mir die Geschichte zwischen Jerry und mir nicht mehr aus dem Kopf.

Um meine Sorgen wenigstens für eine Weile zu zerstreuen, beschloss ich schließlich Dan anzurufen. Immerhin hatte ich ihm versprochen, dass ich mich bei ihm melde, warum also nicht jetzt? Ich setzte mich auf, nahm den Telefonhörer in die Hand, legte ihn jedoch kurz danach wieder auf mein Kopfkissen.

Schlechtes Gewissen machte sich in mir breit. Ich wollte Dan nicht nur anrufen, um ihn über Jerry auszuhorchen und meine lächerliche Eifersucht zu beruhigen.

Das erschien mir falsch. Wenn ich ihn anrufen sollte, dann nur, um seine Stimme zu hören, zu erfahren wie es ihm geht und wieder ein wenig ein seinem Leben teilhaben zu können. Doch was nun? Ich wollte seine Stimme hören, aber ich wollte auch über Jerry Bescheid wissen. Sollte ich ihn anrufen oder doch lieber nicht? Sicher wartete er schon auf darauf, zumindest würde es mir so gehen.

Letztendlich entschied ich mich für einen Anruf und hatte mir vorgenommen nicht nach Jerry zu fragen. Besonders glücklich war ich mit dieser Entscheidung zwar nicht, aber es war mir eindeutig wichtiger mit Dan zu sprechen, als Jerrys Gefühle auszuspionieren. Erneut griff ich erneut zum Telefon und wählte die Rufnummer nach Deutschland, nach Stade, Dans Nummer.

Es klingelte und klingelte und klingelte. Ich hatte die Hoffnung schon aufgegeben, doch dann hörte ich ein Knacken in der Leitung und ein durch lautes Atmen kaum verständliches: „Hallo?".

„Hey Kleiner, ich bin's. Wo kommst du denn her? Aus dem Keller?"

„Nein, von Jerry", schnaufte er in den Hörer. „Ich habe das Klingeln durch das offene Küchenfenster gehört und bin so schnell wie möglich reingelaufen, weil ich gehofft hatte, dass du es bist. Und es hat sich gelohnt. Schön, dass du anrufst."

„Ich habe es nicht mehr ausgehalten. Wie geht's dir?"

„Na ja, über seine Ablenkungstaktiken sollte Jerry noch mal nachdenken."

Also doch!

„Er hat mir eine unglaubliche Geschichte erzählt."

Sprachlos starrte ich an die Zimmerdecke und konnte gerade noch verhindern, dass mir das Telefon aus der Hand glitt. Dans Atmung hatte sich inzwischen wieder normalisiert und er fragte etwas verwirrt: „Äh, hallo? Bist du noch dran?"

„Sicher... ähm... was hat er dir denn erzählt?"

„„Dass er sich mal dich verliebt hatte."

Okay, zu spät. Das Telefon lag schon auf dem Boden.

„Ryan?"

„Moment", rief ich, rappelte mich auf und griff nach dem Hörer.

„Sorry, ich bin wieder da."

„Was machst du denn?"

„Mir ist das Telefon aus der Hand gefallen."

„Wenn du schon so reagierst, was meinst du wie geschockt ich war!"

„Und es stört dich nicht?"

„Was? Dass Jerry früher mal in dich verliebt war?"
„Ja."
„Nein. Er hat mir versichert, dass das vorbei ist."
Ich wusste nicht, was ich darauf antworten sollte. An seiner Stelle wäre ich maßlos eifersüchtig gewesen, aber eigentlich war ich ganz froh, dass Dan nicht derart reagiert hatte.
„Ich glaube ihm", fügte er hinzu.
„Danke."
„Wofür?"
„Dafür, dass du Jerry glaubst. Es wäre auch nicht nötig, dass du deshalb eifersüchtig bist."
„Ich weiß und das gilt auch für dich, nicht wahr?"
„Was meinst du?"
„Darüber haben wir doch neulich schon gesprochen, als du eifersüchtig auf Jerry warst."
„Oh."
Stimmt, das hatte ich jetzt vollkommen verdrängt.
„Was heißt hier „Oh"? Der wird schon nicht über mich herfallen. Und ich würde mir das sowieso niemals gefallen lassen, also mach dir keine Sorgen."
„Ja, aber..."
„Nichts aber. Ich liebe dich, klar? DICH! Auch wenn du hunderte von Kilometern entfernt bist."
„Ich weiß schon. Es ist nur so, dass du mir wahnsinnig fehlst."
„Du mir auch. Jeden Tag mehr."
„Ach, ist das so?", fragte ich grinsend.
„Ja, das ist so."
„Hey, nächste Woche ist schon Weihnachten."
„Ja, und da werde ich dich erst recht vermissen, das wird die Hölle."

„Aber dann ist der Februar schon näher. Noch ein paar Wochen, dann komme ich zu dir."

„Das ist noch viel zu lange."

„Ich freue mich aber jetzt schon."

„Und ich mich erst."

„Du Dan, mein Magen knurrt ganz schrecklich. Ich muss unbedingt etwas essen."

„Gute Idee, das werde ich auch tun."

„Wir sprechen uns bald wieder, ja?"

„Natürlich."

„Also, bis dann. Ich liebe dich."

„Ich dich auch."

„Tschüss Kleiner!"

„Bye!"

Seufzend legte ich den Hörer beiseite, setzte mich auf die Bettkante, sah zur Tür und schrak augenblicklich zusammen. Dort stand meine Mutter und sah mich verwirrt an. Einige Augenblicke sagte keiner von uns etwas, dann machte sie ein paar Schritte auf mich zu, setzte sich zu mir und fragte schließlich:

„‚Ich liebe dich'? Wer war das?"

Ich schluckte und hatte das Gefühl, dass mein Körper nicht mehr mir gehörte.

„Das war Dan. Er... er ist... mein Freund."

Kapitel 12

Das englische Wort ‚Boyfriend' hat, wie mir auffiel, einige Vorteile gegenüber seinem deutschen Synonym ‚Freund'. Meine Mutter wusste ohne nachfragen zu müssen sofort, wie sie meine Beziehung zu Dan definieren sollte und das ersparte mir unangenehme Erklärungen. Es war auch so schon schwer genug für mich einen einigermaßen passenden Anfang zu finden.

Warum ist der Satz „Ich liebe dich" verdammt noch mal bei jedem Menschen in jeder Sprache verständlich. Egal ob ich „Ich liebe dich", „I Love you", „Je t´aime", „Ti am", oder sonst was gesagt hätte, meine Mutter hätte es verstanden und ich umgekehrt genauso.

Ich hätte mich auch rausreden können und einfach behaupten ich hätte mit meiner Freundin telefoniert, aber wozu? Meine Eltern hätten sie unbedingt kennenlernen wollen. Und dann? Das wäre niemals gut gegangen. Wahrscheinlich war es ohnehin an der Zeit, dass sie die Wahrheit erfuhren, auch wenn ich in diesem Moment nicht darauf vorbereitet war.

Schweigend saß ich neben meiner Mutter und wäre liebend gerne an einem anderen Ort gewesen; am allerliebsten natürlich bei Dan. Aber ich war hier, in meinem Zimmer, auf meinem Bett.

„Du hast also... einen Freund. In Deutschland. Der Junge, der bei uns übernachtet hat?", fragte sie.

„Ja."

„Und du liebst ihn?"

„Hahm."

„Und er liebt dich?"

Ich wusste zwar nicht, wohin das führen sollte, aber ich nickte.

Wieder schwiegen wir.

Meine Mutter stand auf, lief ziellos im Zimmer auf und ab und schien angestrengt nachzudenken. Wahrscheinlich suchte sie nach den richtigen Worten, um mir zu sagen wie abstoßend sie mich fand.

Sie setzte sich schließlich wieder zu mir, seufzte und wollte gerade etwas sagen, doch ich hatte während ihres Streifgangs all meinen Mut zusammengenommen und kam ihr zuvor.

„Ich weiß, was du sagen möchtest, und ich werde es wohl oder übel akzeptieren müssen, aber ich werde dann nicht aufgeben!"

„Du vermisst ihn sehr, nicht wahr?"

Was sollte denn diese Frage? Ich fühlte mich etwas überrumpelt und starrte sie nur sprachlos mit offenem Mund an.

„Warum hast du es uns nicht gesagt? Du verliebst dich in Deutschland und wir zerren dich mit nach England. Du warst von Anfang an nicht begeistert von der Idee, aber dein Vater und ich haben uns nichts weiter dabei gedacht. Wir dachten du wolltest nicht schon wieder umziehen. Hätten wir das doch nur gewusst! Wir hätten es bemerken müssen."

Dann nahm sie mich auf einmal in den Arm.

„Es tut mir leid, Ryan!"

„Es macht dir nichts aus?"

„Was denn?"

„, Dass ich einen Jungen liebe?"

„Natürlich nicht, Schatz."

„Danke", flüsterte ich, denn zu mehr war ich nicht in der Lage.

Okay, das war verwirrend. So verwirrend, dass ich mich auch am nächsten Morgen noch nicht daran gewöhnt hatte. Wir hatten am vorigen Abend noch mit meinem Vater gesprochen, ihm alles erklärt und er hatte genau wie meine Mutter reagiert. Seltsam. Ich hatte mit einem Mal das Gefühl gehabt, dass sie mich tatsächlich verstanden. Auf meine Nachfrage, warum sie die ganze Geschichte dermaßen gelassen sahen, hatten sie mir erzählt, wie ihre Beziehung angefangen hatte.

Es war beinahe unheimlich das zu hören, denn sie hatten ungefähr dieselben Probleme gehabt, die meine Beziehung mit Dan zurzeit sehr schwierig gestalteten. Kennengelernt und verliebt hatten sie sich in England, in dieser Stadt, in der wir nun wieder lebten. Doch als die Eltern meiner Mutter sich entschlossen hatten nach Deutschland zu ziehen, ist mein Vater allein zurückgeblieben.

Sie sind zwei qualvolle, lange Jahre getrennt gewesen, in denen sie sich ausschließlich in den Schulferien sehen konnten und sind, wie mein Vater mir erklärte, fast daran zerbrochen. Als meine Mutter jedoch endlich 18 Jahre alt geworden war, hatte sie sich mit ihrem gesamten Besitz ins Flugzeug gesetzt und ist zu meinem Vater nach England zurückgekehrt.

Bis ca. 01:12 Uhr saßen wir im Wohnzimmer und redeten, doch dann waren wir alle drei zu müde und haben uns entschieden schlafen zu gehen.

Beim Frühstück war noch niemand wach, dadurch entstand später vor der Tür zum Badezimmer ein Stau, da sowohl meine Mutter als auch mein Vater und ich zuerst duschen wollten. Gewonnen habe ich.

Frisch geduscht und einigermaßen wach lag ich auf meinem Bett und durchweichte das Kopfkissen mit meinen noch nassen Haaren. Zum Föhnen hatte ich mich an diesem Morgen noch nicht durchringen können, obwohl es draußen wirklich sehr kalt war, es hatte in der Nacht sogar zum ersten Mal in diesem Jahr geschneit. Pünktlich kurz vor Weihnachten. Begeistern konnte ich mich allerdings nicht dafür. Schnee ist eine Erfindung der Natur, die ich höchstens direkt an Weihnachten vermissen würde.

Ansonsten fühlte ich mich eher dadurch belästigt, dass die Straßen und Gehwege kaum passierbar waren und sich niemand dazu berufen fühlte, das zu ändern. Am schlimmsten wurde es jedoch erst, wenn der Schnee taute und sich alles um mich herum in eine einzige Moorlandschaft verwandelte. Nur die Kinder hatten ihren Spaß an den weißen Flocken. Ausgelassen spielten sie im Schnee, bauten Schneemänner und ließen sich von den Eltern auf dem Schlitten ziehen. Ich stand auf, sah aus dem Fenster und beobachtete einige Minuten dieses Schauspiel. Etwas Entspannendes hatte es schon in die fröhlichen, von der Kälte geröteten Gesichter zu sehen und sich darin wiederzufinden.

Lächelnd wendete ich mich ab, setzte mich zurück aufs Bett und griff zum Telefon. Dan musste sofort von diesen fantastischen Neuigkeiten erfahren. Meine Eltern und ich hatten gestern noch sehr viel Zeit damit verbracht, zu überlegen wie...

„Hallo?"
„Hallo Schneeflöckchen."
Oh Gott! Die Kinder hatten mich sentimental gemacht.

„Schneeflöckchen? Da hat aber jemand gute Laune", kicherte Dan.

„Ja, sorry, ist mir so rausgerutscht. Es hat hier heute Nacht geschneit und ich hatte mich gerade darüber aufgeregt, dass du nicht vom Himmel gefallen bist."

„Danke, das ist süß von dir!"

„Und wie geht es dir?"

„Wenn ich daran denke, dass du nicht da bist: mies! Wenn ich daran denke, dass morgen wieder Schule ist: auch nicht besser!"

„Oha, dann muss ich dich jetzt anscheinend ein bisschen aufbauen."

„Haha, womit denn?"

„Was machst du an Weihnachten und Silvester eigentlich?"

„Das hatten wir doch schon. Ich werde mich betrinken müssen, um es zu überleben."

„Dann bemerkst du aber gar nicht wie ich dich umarme und dich küsse."

Schweigen.

„Wie meinst du das?", fragte er schließlich.

„So wie ich es gerade gesagt habe."

„Heißt das... du kommst zu mir? Über... Weihnachten?"

„Ja, das heißt es. Und weißt du auch wieso?"

Keine Antwort.

„Dan?"

„Ja?", schniefte er.

„Sag mal, weinst du?"

„Nein."

„Ich höre das doch. Ich mag es nicht, wenn du weinst. Das ist ansteckend."

„Tut mir leid."

„Heb dir das lieber auf, bis ich da bin. Dann kann ich dich wenigstens in den Arm nehmen und trösten."

„Ja. Ich kann es gar nicht glauben. Wieso geht das denn auf einmal?"

„Meine Eltern lassen mich an der Uni für ein Familienfest beurlauben."

„Wieso das denn?"

„Die wissen doch überhaupt nichts von uns beiden."

„Doch, seit gestern Abend."

„Was?", fragte er überrascht. „Du hast es ihnen gesagt und jetzt helfen sie dir?"

„Nein, sie helfen uns. Es hat sie nicht im Geringsten gestört, dass ich mich in dich verliebt habe."

„Das steht mir wohl auch noch bevor."

„Wenn du willst, helfe ich dir dabei, wenn ich da bin."

„Ja, das wäre großartig, danke."

„Ich liebe dich!"

„Ich dich auch!"

„Ich komme am Donnerstagabend vor Weihnachten, ist das ok?"

„Sicher. Wie kommst du denn?"

„Meine Eltern fahren mich. Sie wollen dich jetzt offiziell als meinen Freund kennenlernen."

„Oh je."

„Sie haben mir schon ein Hotelzimmer gebucht."

„Aber du bleibst doch über Nacht bei mir, oder?"

„Wenn es deinen Eltern nichts ausmacht, natürlich."

„Ich freue mich!"

„Ich mich auch. Wir telefonieren aber trotzdem vorher noch mal, ja?"

„Ja."
„Bis bald, Schneeflöckchen."
„Bis bald."

Kapitel 13

Ein merkwürdiges Gefühl. Mit klopfendem Herzen lag ich auf meinem Bett und konnte noch nicht realisieren, dass Ryan sich soeben für Weihnachten angekündigt hatte. Ich würde Weihnachten zusammen mit ihm verbringen! Ich, Ryan, Weihnachten und... zusammen. Diese Worte in einem Satz. Wahnsinn!

Irgendetwas war da doch faul. Auf einmal soll alles gut sein? Vielleicht sollte ich Ryan noch mal zurückrufen, damit er mir sagen kann, dass es nur ein Scherz war. Sehr witzig, damit macht man doch keinen Spaß! Der konnte sich schon mal warm anziehen, denn ich war bereits dabei seine Nummer zu wählen.

„Ja?"
„Hey."
„Wieso rufst du denn an? Wir haben doch vor zwanzig Minuten erst aufgelegt."
„Sag mir noch mal, was du eben gesagt hast."
„Schneeflöckchen?"
„Nein", prustete ich ins Telefon und verdrehte genervt die Augen.
„Ich liebe dich?"
„Nein."
„Doch!"
„Ja, ich weiß, aber das meinte ich nicht."
Oh je, das konnte noch dauern.
„Schade."
„Also?"
„Ich komme über Weihnachten?"
„Meinst du das wirklich ernst?"
„Natürlich. Wolltest du das hören?"

„Ja, genau das. Also bis bald."
„Du bist seltsam, aber ich liebe dich trotzdem."
„Oh, danke. Ich dich auch... trotzdem."
„Bye."
„Bye."

Grinsend legte ich das Telefon aus der Hand und ließ mich zurück auf mein Bett fallen. Er macht es mir aber auch nicht sonderlich leicht, ihn ernst zu nehmen, dachte ich. Immerhin war ich beruhigt, oder sollte es vielmehr sein.

Doch, das war ich auch. Aber so schön es auch war, dass er Weihnachten zu mir kommen konnte, es waren immer noch fast zwei Wochen, in denen ich ihn nicht sehen durfte. Besser als zwei lange Monate! Immerhin etwas.

Ich beschloss so lange zu schlafen, bis er bei mir sein und mich wachküssen würde. Allerdings hielt ich es nicht mal fünf Minuten aus. Stattdessen setzte ich mich an meinen Computer und startete das E-Mail-Programm.

Eine ungelesene Mail!
Sicher nur Werbung.
Oder... Moment mal!

Das war doch Ryans Adresse. Neugierig bewegte ich die Maus auf den Briefumschlag zu und klickte ihn an. Sofort öffnete sich ein neues Fenster und ich begann zu lesen. Verwirrt sah ich auf die Uhr, dann erneut auf den Bildschirm, um den Sendezeitpunkt dieser Mail festzustellen. Zwei Minuten nachdem wir unser letztes Telefonat beendet hatten, hatte er mir diese Mail geschickt. Er musste sich unmittelbar nachdem er aufgelegt hatte an den Computer gesetzt haben. Ich las die E-Mail noch ein zweites Mal durch:

„Hey mein Schneeflöckchen, ich habe wahnsinnige Sehnsucht nach dir! Nur damit du´s schwarz auf weiß hast: ICH KOMME DICH AN WEIHNACHTEN BESUCHEN!!! Nicht, dass du mich vor der Tür stehen lässt, wenn es so weit ist. Falls du mir immer noch nicht glaubst, ruf mich einfach wieder an. Ich kann es kaum erwarten bei dir zu sein. Du bist für mich das, was mir hier zum Leben fehlt.

Ich liebe dich und vermisse dich jeden Tag mehr! Wenn ich dich jetzt umarmen könnte, würde ich dich nie wieder loslassen. Noch elf Tage!

Dein Ryan ❤"

Ich schluckte. Etwas in der Art hatte er mir vorher noch nie gesagt. Meine Knie waren weich wie Pudding. Schon, wenn er mir sagte, dass er mich liebt, war ich nicht mehr zurechnungsfähig und dann diese Worte... Ich wollte nicht mehr elf Tage warten, nach dieser Mail schon gar nicht, aber mir blieb offensichtlich nichts anderes übrig.

Wie lange würde er überhaupt bleiben? Mindestens die drei Feiertage, aber wie lange genau? Noch nie hatte ich mich mehr auf Weihnachten gefreut. Früher war es mir immer sehr wichtig gewesen, dass ich mit meiner Familie allein feiern konnte und wehe jemand aus der Familie hatte sich zum Essen angekündigt. Danach hatte es Geschenke gegeben und... und... Oh nein! Geschenke! Daran hatte Ich noch keinen einzigen Gedanken verschwendet. Was sollte ich Ryan schenken? Ich musste mir sehr schnell etwas einfallen lassen, wenn ich an Weihnachten nicht mit leeren Händen dastehen wollte. Ob Ryan schon darüber nachgedachte hatte? Vielleicht dachte er auch, dass wir uns nichts schenken, aber es ist doch normal, dass man demjenigen, den man liebt etwas schenkt, oder? Ich kannte mich damit nicht aus, denn schließlich war dies das erste Weihnachtsfest, das ich mit meinem Freund verbringen würde. In der Hinsicht stand ich also eindeutig unter Artenschutz.

Hoffentlich würde Ryan es mir nachsehen, wenn mein Geschenk für ihn nicht allzu originell ausfiel. Meine Güte! Es war ehrlich gesagt nicht besonders leicht einen Freund zu haben, aber höchst wahrscheinlich machte ich es mir mal wieder viel zu schwer. Kam es denn tatsächlich nur auf die Geschenke an? Sicher nicht.

Ryan war für mich Geschenk genug! Und doch... In diesem Augenblick fiel mir ein, was ich ihm schenken konnte. Ich schluckte bei dem Gedanken und mir war nicht sonderlich wohl, aber es war das perfekte Geschenk. Augen zu und durch! Aber nicht mehr an diesem Tag, denn es war Sonntag und am folgenden Tag musste ich mich wieder in der Schule durchschlagen. Politik, Chemie, Deutsch, Mathe und Erdkunde. Wunderbar! Und natürlich hatten wir in fast jedem Fach eine „winzige" Hausaufgabe bekommen.

Das Wochenende wäre doch sonst verschwendete Zeit, ohne ein wenig geistiger Aktivität. Zumindest hatte sich diese Einstellung in den Köpfen der Lehrer eingenistet und wurde nur von wenigen und äußerst selten verdrängt. Die knapp zwei Wochen Schule würde ich sicherlich auch noch überstehen, obwohl die Zeit selbstverständlich immer dermaßen langsam an einem vorbei schlich, wenn man sich nach etwas sehnte. Nach etwas oder nach jemandem. In meinem Fall beides. Die elf Tage würden mich noch viel Kraft und Geduld kosten, aber das war noch das kleinste Übel, dessen war ich mir bewusst. Wenn ich in den letzten Tagen nachgedacht hatte, musste ich sehr häufig an das Gespräch mit Ryan nach unserem ersten Treffen bei ihm zu Hause denken; an den Morgen nach unserer ersten gemeinsam verbrachten Nacht; an den Moment, in dem sich unsere Wege beinahe für immer getrennt hätten.

Was wäre geschehen, wenn Ryan an seinen Überlegungen festgehalten und unsere gerade erst begonnene Beziehung aufgrund der räumlichen Trennung schon an dem Tag beendet hätte? Was, wenn ich es nicht geschafft hätte ihn vom Gegenteil zu überzeugen? Dachte er auch manchmal darüber nach? Für mich wäre es wahrscheinlich das Ende von allem gewesen. Das wurde mir in diesem Moment besonders stark bewusst. Doch wie dachte er darüber? Hielt er es noch immer für die bessere Lösung?

Zusammen mit meinen finsteren Gedanken setzte ich mich schließlich an die verbliebenen Hausaufgaben und hatte wirklich nicht die geringste Lust am nächsten Morgen in die Schule zu gehen. Natürlich war das der Regelzustand an einem Sonntagabend, aber ich bildete mir ein, dass es am Ende jedes Wochenendes immer wieder ein wenig schlimmer wurde. Etwas dagegen tun konnte ich leider nicht und so ging ich bereits um 22:00 Uhr ins Bett.

Ich sah Ryans lächelndes Gesicht unmittelbar vor meinem, seine Augen strahlten in die Dunkelheit, sahen mich an. Seine Finger strichen zärtlich durch meine Haare, dann über meine Wangen, kamen dort zur Ruhe und zogen mich langsam zu sich heran, so dass sich unsere Lippen berührten. Ja! Träumen war nicht umsonst meine Lieblingsbeschäftigung. Doch je schöner der Traum ist, desto schlimmer ist das Erwachen danach. Man wacht, noch verzaubert von dem gerade Geträumten, mit einem glücklichen Lächeln im Gesicht auf und muss sogleich feststellen, dass nichts davon der Realität entsprach.

Ein bitter-süßes Erwachen, im wahrsten Sinne des Wortes! Der ganze Körper scheint sich zusammenzuziehen und man wird von einer kaum beschreibbaren Traurigkeit gepackt. Verständnislos liegt man noch einige Minuten im Bett bevor man aufsteht, falls es nicht noch mitten in der Nacht ist, und kann den gesamten Tag an nichts anderes denken.

Ohne diese Träume von Ryan wäre ich jedoch schon längst eingegangen. Wenn ich sein Gesicht nicht einmal im Traum sehen könnte... Nein, unvorstellbar!

Unvorstellbar war es auch für mich, dass uns unsere Mathelehrerin an diesem Montag für die nächste Stunde einen Test ankündigte, sprich für Donnerstag. Es sind gerade mal noch zehn Tage bis zu den Ferien, sie muss aber unbedingt noch einen Test schreiben. Wunderbar! Also durfte ich mich die nächsten Tage ausgiebig mit Kurvendiskussionen beschäftigen, obwohl ich viel lieber Trübsal geblasen hätte. Vielleicht war die Ablenkung allerdings auch gar nicht so schlecht, denn die Tage vergingen unglaublich schnell bis Donnerstag und besonders schwer war der Test auch nicht gewesen. Besagter Donnerstag zog sich dagegen endlos in die Länge. Ungefähr dreihundertmal hatte ich schon daran gedacht, dass Ryan in genau einer Woche bei mir sein würde. Ich freute mich riesig darauf und doch versetzte mir dieser Gedanke jedes Mal erneut einen kurzen, aber schmerzhaften Stich in die Magengegend, da ich die Idee für Ryans Geschenk noch nicht ausgiebig überdacht hatte. Am Wochenende musste ich mir unbedingt etwas Konkretes überlegen. Das heißt, was ich ihm gerne schenken würde, wusste ich bereits, aber ob ich es bekommen würde, war eine andere Sache. Einen Versuch war es allemal wert.

Fast erleichtert wachte ich am nächsten Montag auf, kurz bevor der Wecker seine allmorgendliche Folter starten konnte. Das Wochenende hatte ich überstanden und war nun bereit für Ryans Besuch, sogar mehr als das: ich konnte es kaum erwarten!

Ein Blick in den Spiegel sagte mir, dass ich am Wochenende eindeutig zu wenig Schlaf bekommen hatte. Auch eine Hand voll kaltem Wasser konnte daran nichts ändern. Mir war nur noch kälter als vorher.

Als ich auf dem Weg nach unten in die Küche war, hörte ich meine Eltern miteinander reden. Eigentlich war mein Vater zu der Zeit schon lange auf dem Weg zur Arbeit. Das Gespräch fand ein plötzliches Ende als ich den Raum betrat. Hätte ich mir auch denken können, dass ich zurzeit das Gesprächsthema Nummer eins war.

„Ich muss dann auch mal zur Arbeit", sagte mein Vater und gab meiner Mutter einen Kuss auf die Wange.

„Viel Spaß in der Schule."

„Danke, werde ich sicher haben."

Sehr unauffällig! dachte ich nur.

Natürlich hatte ich unglaublich viel Spaß in der Schule, wie immer. Aber zu allem Übel war Jerry an dem Tag nicht gekommen. Nicht nur, dass ich die Unterrichtsstunden allein überstehen musste, ich konnte ihm auch nicht von meinem Geschenk für Ryan erzählen. Das musste ich schließlich auf den nächsten Tag verschieben.

„Du bist ja verrückt!", schnaufte Jerry.

„Ich weiß."

„Ich hätte nicht gedacht, dass du auf einmal so mutig bist."

„Ich war auch von mir überrascht."

„Oh man, ich glaub´ s nicht! Darf ich auch kommen, um sein Gesicht zu sehen?" Grinsend sah er mich an. Die Antwort kannte er und erwartete daher auch kein Kommentar von meiner Seite. Ich grinste viel lieber heimlich in mich hinein. *Übermorgen!*

„Übermorgen sind endlich Ferien!"

„Übermorgen kommt Ryan!", korrigierte ich.

„Ja, das auch. Also bis morgen."

„Bis morgen."

Wie jeden Tag trennten sich unsere Wege nach der Schule und ich machte mich auf den Weg nach Hause. Dort angekommen, aß ich zunächst etwas und verbrachte den restlichen Nachmittag in meinem Zimmer und telefonierte mit Ryan.

„Wir kommen ungefähr um sechs Uhr abends bei euch an, es sei denn wir stehen im Stau."

„Bloß nicht. Ich halte es keine Sekunde länger ohne dich aus."

„Ich auch nicht. Ich habe dich so lieb!", schnurrte er ins Telefon, woraufhin sich mein Magen anfühlte, als hätte ich gerade Brausepulver geschluckt.

„Ich dich auch! Schlaf gut!"
„Du auch. Bis dann."
Gerüstet für den letzten Schultag in diesem Jahr verließ ich am Mittwoch pünktlich das Haus, schlenderte in Richtung Schule, begrüßte Jerry vor dem Klassenraum und fühlte mich so unglaublich gut, dass es mir selbst Angst machte.

Kapitel 14

Ich öffnete die Augen, nachdem mich der Wecker aus meinen Träumen gerissen hatte und stieg grinsend aus dem Bett. Donnerstag, acht Uhr morgens. In etwa zehn Stunden würde Ryan an der Haustür klingeln. Doch nun wollte ich zunächst einmal meinem vollkommen vernachlässigten Hobby nachgehen und ein wenig an der frischen Luft joggen. Müde war ich nicht, obwohl ich mich normalerweise hütete den Wecker in den Ferien zu benutzen.

Aus dem Kleiderschrank suchte ich mir meine Sportkleidung heraus, zog mich schnell um und ging hinunter in die Küche, um noch etwas zu trinken, bevor ich das Haus verließ und die Tür hinter mir schloss.

Ich machte mir die untypische Wärme dieser Jahreszeit zunutze und lief eine größere Runde. Die Temperaturen, die man sich unter dem Begriff „warm" vorstellt, herrschten an diesem Morgen natürlich nicht, aber auf eine weiße Weihnacht mussten wir dieses Jahr wohl verzichten. Zum Joggen war das Wetter jedenfalls bestens geeignet.

Völlig erschöpft ließ ich mich eine Stunde später auf mein Bett fallen, um vor dem Duschen wieder etwas zu Atem zu kommen. Meine Kondition hatte unter der Fitnesspause eindeutig sehr gelitten und mein Magen beschwerte sich mit lautem Grummeln, dass er noch kein Frühstück bekommen hatte. Trotzdem ließ ich mir im Bad so viel Zeit wie möglich. Irgendwie musste ich mich schließlich beschäftigen, damit mir die restlichen Stunden nicht allzu lang erschienen. Und hat es geholfen? Natürlich nicht! So oft ich mir auch einredete, dass meine Haare noch leicht feucht waren und ich sie somit noch länger föhnen musste, der Zeiger der Uhr hatte sich trotzdem nur ein winziges Stück bewegt.

Also gut, dachte ich, dann lass ich mir eben heute viel Zeit beim Frühstück machen. Doch auch dieser Gedanke wurde bereits im Keim erstickt, da meine Eltern schon am gedeckten Tisch saßen, als ich die Küche betrat. Schmollend setzte ich mich dazu, nahm mir ein Brötchen und aß.

Der Mittag und Nachmittag dieses Tages standen dem Morgen in keiner Weise nach. Es ging genau so weiter, wie es angefangen hatte. Doch irgendwie sind auch diese Stunden vergangen und auf meinem Wecker waren nun die rot leuchtenden Ziffern 18:00 Uhr zu lesen. Hoffentlich stecken sie nicht im Stau! dachte ich immerzu. Je länger ich darüber nachdachte, dass Ryan mir jeden Moment gegenüberstehen würde, desto nervöser wurde ich.

Meinen Herzschlag konnte ich in jedem einzelnen Teil meines Körpers spüren und meine Hände fingen an zu schwitzen. Als es schließlich unten an der Haustür klingelte, war ich nicht fähig aufzustehen und selbst wenn ich es geschafft hätte, wäre ich sicherlich nach wenigen Schritten wieder zusammengebrochen. Zweieinhalb Wochen hatte ich auf diesen Moment gewartet und jetzt saß ich bewegungsunfähig in meinem Zimmer? Ich rappelte mich also auf und begab mich auf den Weg nach unten. Mit jedem Schritt wurde ich schneller und stolperte die letzten Treppenstufen geradezu hinunter, stürmte in den Flur und riss die Haustür auf. Da stand er! Mein Freund! Mein Traummann! Mein allerliebster Schatz!

„Ryan...", schluchzte ich und fiel ihm um den Hals.

„Hey Kleiner."

Stunden schienen zu vergehen, während wir uns einfach nur festhielten und froh darüber waren den anderen endlich wieder zu haben. Erst als wir uns voneinander trennten fiel mir auf, dass Ryan allein war. Ich dachte seine Eltern wollten mich unbedingt kennenlernen.

„Wo sind denn deine Eltern?", fragte ich also.

„Bekomme ich gar keinen Begrüßungskuss?" Mit großen Augen und einem schrecklich niedlichen Schmollmund sah er mich an und sofort hatte ich meine Frage vergessen.

„Entschuldige. Natürlich!"

Während wir uns küssten, gingen wir langsam ins Haus, durch den Flur, direkt ins Wohnzimmer, wo wir uns auf das Sofa fallen ließen.

„Und wo sind deine Eltern?"

„Weg", sagte ich knapp und hing schon wieder an seinen Lippen.

„Ich dachte schon du willst mich tatsächlich nicht reinlassen. Was hast du denn so lange gemacht, nachdem ich geklingelt habe?", fragte er, als wir wieder ruhig nebeneinandersaßen. Ruhig nach außen.

„Ich... äh... ich war etwas... verkrampft."

„Nur wegen mir? Wie süß! Aber mir ging es auch nicht anders. Ich stand bestimmt schon fünf Minuten vor der Tür, bevor ich schließlich den Klingelknopf gedrückt habe."

„Wo sind denn nun deine Eltern?"

„Im Hotel. Ich habe ihnen gesagt, dass ich dich lieber erst einmal allein begrüßen will."

„Echt? Ich habe meine Eltern auch vorsorglich weggeschickt." Schon während ich das sagte, wollte ich mir am liebsten auf meine eigene Zunge beißen.

„Was? Und das fanden sie nicht irgendwie merkwürdig? Immerhin wissen sie doch noch nichts von uns."

„Äh, nein... stimmt. Ich habe sie zum... Einkaufen geschickt."

„Ach so."

Er zog mich näher an sich und strich zärtlich durch meine Haare. Ich seufzte leise und schloss die Augen.

„Ich habe nicht vergessen, dass du das ganz besonders magst."

„Und ich habe nicht vergessen, dass du das besonders magst." Ich ließ meine Hände über seinen Rücken gleiten und grinste ihn an.

„Ich habe dich so vermisst.", flüsterte er mir ins Ohr.

„Ich liebe dich!"

„Ich liebe dich auch!"

Bis wir die Haustür aufgehen hörten saßen wir auf dem Sofa, kuschelten uns aneinander und küssten uns.

Doch dann kamen meine Eltern ins Wohnzimmer. Ryan ließ sofort von mir ab und rückte ein wenig von mir weg.

„Hallo Ryan", sagte mein Vater und zwinkerte mir zu. Ryan war auf einmal sehr nervös und angespannt.

„Hallo", entgegnete er schüchtern. Ich fand das unglaublich süß und konnte nicht anders als ihn von der Seite anzulächeln.

„Daniel hat uns schon erzählt, dass du ein paar Tage hierbleiben möchtest. Wir haben dir eine Matratze und Bettwäsche in sein Zimmer gelegt. Ist das in Ordnung für dich?" Auch meine Mutter warf mir einen vielsagenden Blick zu und ich wünschte mir die ganze Zeit, dass sich meine Eltern weniger auffällig verhalten würden.

„Ja sicher, vielen Dank."

„Wir gehen jetzt nach oben, ok?", sagte ich, griff nach Ryans Hand und zog ihn vom Sofa hoch. Erschrocken sah er mich an und als wir in meinem Zimmer auf dem Bett saßen, fragte er: „Warum hast du vor deinen Eltern meine Hand genommen?"

„Wieso nicht? Das macht man doch unter Freunden."

„Meinst du nicht, dass das etwas zu auffällig ist?"

„Nein. Und außerdem sollen sie es doch ohnehin bald erfahren, oder?"

„Ja, aber doch nicht so."

„Na gut, dann fasse ich dich nicht mehr an", sagte ich eingeschnappt. Warum machte er sich darüber so viele Gedanken? Ich habe ihm doch nur aufgeholfen und meine Eltern sahen das sicher nicht anders.

„Dan, so war das nicht gemeint."

„Ach, nicht?"

„Nein, du Dummkopf. Das weißt du ganz genau."

„Ja, ich weiß."

„Dann komm her. Ich mag es nicht, wenn du so weit von mir weg sitzt."

Er breitete seine Arme aus und ich kuschelte mich an ihn. Mein Kopf lag an seiner Brust, so dass ich seinen Atem spüren und seinen Herzschlag hören konnte. Langsam tasteten sich seine Hände über meinen Rücken und suchten nach dem Saum meines Pullovers. Vorsichtig schoben sie sich darunter und strichen sanft über meine Haut bis hinauf zu meinem Nacken. Ich hob meinen Kopf und sah Ryan in die Augen.

„Was ist, wenn gerade jetzt meine Eltern kommen?"

„Dann wissen sie eben alles."

„So mutig auf einmal?"

„Ja, ich will schließlich nicht auf deine Berührungen verzichten müssen."

„Na dann...", sagte ich und schlang meine Arme noch fester um ihn. Seine Lippen berührten meinen Hals, meine Wange und fanden ihren Weg zu meinem Mund. Vollkommen verzaubert und kraftlos lag ich in seinen Armen, ließ mich einfach fallen, denn ich wusste er würde mich halten. Schon bevor ich Ryan kennenlernte, hatte ich mir vorgestellt, dass das Küssen das Schönste an einer Beziehung sein musste. Ryans Küsse hatte mir die Bestätigung gegeben. Wenn sein Mund meinen berührte, war alles andere unwichtig. In diesen Momenten konnte ich mir nie vorstellen ihn irgendwann wieder loslassen zu müssen. Doch spätestens, wenn wir beide keine Luft mehr bekamen, mussten wir einen kurzen Augenblick voneinander ablassen. Dann sah ich Ryan tief in die Augen und wusste, dass er dasselbe fühlte wie ich. Und jetzt, da wir uns längere Zeit nicht sehen, geschweige denn küssen konnten, war das Bedürfnis den anderen zu spüren natürlich umso größer.

Langsam ließ Ryan meinen Körper aufs Bett sinken und unterbrach für einen dieser kurzen Momente seinen Kuss, um mir den Pullover über den

Kopf zu ziehen. Meine Finger strichen wieder über seinen Rücken, als er seine Küsse nun auf meinen gesamten Oberkörper ausbreitete.

Endlich hatte ich wieder das Gefühl uneingeschränkt glücklich zu sein. Ich fühlte mich nur vollständig, wenn Ryan bei mir war, so wie an diesem Donnerstag vor Weihnachten.

Vorsichtig streichelte ich seine weiche Haut und sah in sein friedliches, schlafendes Gesicht. Wenn ich daran dachte, wie wenig Zeit wir nach unserem letzten Treffen gehabt hatten, war ich nur froh, dass es an diesem Abend anders war. Wir konnten nebeneinander einschlafen und aufwachen und uns so viel Zeit füreinander nehmen, wie es uns gefiel.

Zu wissen, dass Ryan auch am nächsten Morgen noch neben mir liegen würde, war ein unbeschreibliches Gefühl. Am liebsten wollte ich die ganze Nacht wach bleiben und ihm beim Schlafen zusehen, doch auch ich schlief schnell ein, nachdem ich mich an Ryan gekuschelt und er im Schlaf seinen Arm um mich gelegt hatte.

Die Sonne schien bereits durchs Fenster als ich am Morgen des Heiligen Abend aufwachte, so dass ich es vorzog die Augen geschlossen zu lassen. Ich streckte meinen Arm aus und tastete nach Ryan, spürte jedoch nur das Bettlaken und die Bettdecke unter meinen Fingern. Verwirrt öffnete ich die Augen ein wenig und blickte blinzelnd in sein grins-endes Gesicht. Er saß am Fußende meines Bettes und schien schon vollkommen wach zu sein. Im Gegensatz zu mir.

„Hmm", grummelte ich und vergrub mein Gesicht wieder im Kopfkissen.

„Warum bist du schon so wach?"

„Ich habe doch lange genug geschlafen und außerdem sehr gut."

„Aha. Und warum sitzt du da hinten?" Ich setzte mich schläfrig auf und lehnte mich an die Wand, an der das Bett stand. Ryan saß mir direkt gegenüber und lächelte mich immer noch an.

„Von hier aus konnte ich dich am besten beobachten. Du siehst zum Anbeißen süß aus, wenn du schläfst."

„Danke, gleichfalls. Musst du mich jetzt immer noch beobachten oder kommst du wieder zu mir?"

„Ich muss dich immer ansehen", sagte er, kroch jedoch über das Bett auf mich zu.

„Weißt du was? Du bist wie ein kuscheliges Haustier und ich habe gerade beschlossen dich für immer zu behalten."

„Dann brauche ich aber auch ganz viele Streicheleinheiten und ich darf immer in deinem Bett schlafen", sagte er, rollte sich wie eine Katze zusammen und legte seinen Kopf auf meinen Schoß.

„Natürlich."

„Welches Tier bin ich denn eigentlich?"

„Na, ein Kätzchen, was sonst?"

„Aha, und warum?"

„Weil Katzen genauso niedlich schnurren wie du, wenn man sie streichelt."

„Kommt auf einen Versuch an, oder?"

„Wenn du meinst." Ich legte also meine Hand auf seinen Rücken, strich dort ein paar Mal auf und ab und kraulte dann seinen Nacken.

„Ich liebe dich!", schnurrte er und ich konnte nicht anders als mich zu ihm herunterzubeugen und ihn zu küssen. Stundenlang. Bis meine Eltern an der Tür klopften und uns bescheid sagten, dass das

Frühstück fertig war. Bevor wir nach unten gingen, zogen wir uns noch etwas an und präparierten die Matratze so, als hätte Ryan tatsächlich darauf geschlafen.

Kapitel 15

Gegen Mittag klingelte es an der Haustür und da meine Eltern mal wieder nicht zu Hause waren, musste ich die Tür öffnen.

„Was machst du denn hier?" Verwirrt sah ich Jerry an.

„Ich wollte Ryan sehen, wenn er schon mal hier ist."

„Na dann komm rein."

Während Jerry sich Schuhe und Jacke auszog, ging ich wieder zurück ins Wohnzimmer. Ryan und ich waren gerade damit beschäftigt den Weihnachtsbaum zu schmücken.

„Wer war das?", fragte er.

„Jerry."

„Jerry?"

„Ja, das ist dein bester Freund. Erinnerst du dich an ihn?"

„Blödmann."

Mit einem schelmischen Grinsen schubste er mich aufs Sofa und kitzelte mich so gnadenlos, dass ich laut lachen musste und schon nach kurzer Zeit nach Luft rang.

„Hey, stör ich euch vielleicht gerade?" Ohne jedoch eine Antwort abzuwarten, kam Jerry auf uns zu und setzte sich.

„Hi Jerry, wie geht's?", fragte Ryan und klopfte ihm kurz freundschaftlich auf die Schulter, nachdem er mir noch ein letztes Mal in die Seite gestupst hatte.

„Was erzählst du Dan denn alles, wenn ich gerade nicht da bin?!"

„Er hatte gefragt", verteidigte sich Jerry.

„Ist ja auch egal. Vielleicht ist es gut, dass du es jetzt weißt, oder?"

Ich nickte nur und setzte mich wieder aufrecht neben die beiden.

„Willst du Ryan sein Geschenk nicht jetzt schon geben?"

„Jerry!" Ich wusste es! Er war einfach viel zu neugierig.

„Dann eben nicht", sagte er beleidigt und stand auf. „Kommt ihr mich noch mal besuchen, solange du noch da bist, Ryan?"

„Klar."

„Bis dann."

Nachdem die Tür zugefallen war, lehnte ich mich seufzend an Ryans Schulter.

„Warum muss Jerry so anstrengend sein?"

„Ich weiß nicht. Was meinte er denn eben?"

„Er will dein Gesicht sehen, wenn ich dir mein Geschenk gebe."

„Aha. Was ist es denn?"

„Nein", sagte ich und schüttelte den Kopf.

„Ach komm schon", bettelte er. „Ich gebe dir auch auf der Stelle einen Kuss, wenn..."

Weiter kam er jedoch nicht, denn ich hatte meinen Mund bereits auf seinen gelegt. Statt sich zu wehren und mich von sich zu schieben, da er seine Antwort noch nicht bekommen hatte, erwiderte er meinen Kuss und wollte ihn scheinbar auch in nächster Zeit nicht unterbrechen.

„Du bist gemein."

„Ich weiß. Soll ich dich noch ein bisschen streicheln, bis wir den Baum weiter schmücken, mein Kätzchen?"

„Ja, bitte."

Natürlich waren wir noch nicht ansatzweise fertig als meine Eltern zurückkamen.

„Was habt ihr denn die ganze Zeit gemacht, wenn ihr nicht dazu gekommen seid, den Baum zu schmücken?"

„Jerry war da und hat uns abgelenkt", verteidigte ich uns. Vollkommen gelogen war die Ausrede immerhin nicht.

„Soso. Wann kommen deine Eltern, Ryan?", fragte meine Mutter.

„Jeden Augenblick. Sie haben mir gesagt gegen 16:00 Uhr."

„Gut, dann fang ich schon mal an zu kochen. Kümmerst du dich um den Salat, Schatz?", sagte sie an meinen Vater gerichtet.

„Natürlich."

„Und was sollen wir machen?"

„Ihr schmückt den Baum endlich weiter. Wie sieht das denn aus, wenn Ryans Eltern kommen und der Weihnachtsbaum ist noch nicht fertig?!"

Als es zehn Minuten später an der Tür klingelte, hatte die alljährliche Weihnachtshektik bereits ihren Höhepunkt erreicht. Meine Mutter war, wie jedes Jahr, der festen Überzeugung, dass nichts rechtzeitig fertig werden würde und die Tatsache, dass wir Gäste erwarteten, war sicher kein Vorteil.

Nachdem Ryans Eltern schließlich unser Haus betreten hatte und die üblichen Höflichkeiten ausgetauscht waren, machten wir es uns im Wohnzimmer gemütlich. Meine Eltern sprachen glücklicherweise Englisch, wenn auch nicht perfekt, und konnten sich daher mit unseren Gästen verständigen. Sie schienen sich zu mögen. Das Essen war schnell beendet und die Geschirrspülmaschine angestellt, so dass die Bescherung immer näher rückte. Ryans Eltern verabschiedeten sich vorher, da sie ihre Geschenke immer erst am Morgen des 25. überreichten. Mein Freund blieb allerdings bei uns, natürlich. Beim Abschied nahm mich seine Mutter kurz in den Arm.

„Ich habe meinen Eltern gesagt, dass sie sich zurückhalten sollen, aber meine Mutter hat darauf bestanden dich wenigstens kurz in den Arm nehmen zu dürfen. Ich konnte ihr das nicht ausreden", sagte Ryan als wir später in meinem Zimmer saßen. Wir hatten nämlich darauf bestanden unsere eigene kleine Bescherung zu haben.

„Das macht doch nichts. Mich hat es nicht gestört."

Eine Weile saßen wir schweigend nebeneinander, dann nahm Ryan auf einmal meine Hand und sah mich an. „Hast du eigentlich schon darüber nachgedacht, was wir machen, wenn ich wieder zurückfahre?"

„Ja sicher, aber was sollen wir denn tun? Du musst wieder zurück und ich muss hierbleiben."

„Weißt du noch, warum ich mit nach England gefahren bin?"

„Weil deine Eltern es so wollten."

Worauf wollte er hinaus?

„Genau, aber..."

Er senkte kurz seinen Kopf und als er wieder aufsah, strahlte er mich so glücklich an, dass ich es kaum erwarten konnte zu hören, wie der Satz endete. „Zu dem Zeitpunkt wussten sie noch nichts von uns."

Dann griff er in seine Hosentasche und zog zwei Schlüssel heraus. „Das hier ist, wenn du es wirklich annimmst und ernst meinst, unsere gemeinsame Zukunft."

Fassungslos sah ich ihn an. Er wollte mir doch nicht etwa erzählen, dass er mit mir zusammen in eine eigene Wohnung ziehen wollte, oder? Doch genau das schien tatsächlich seine Absicht zu sein, denn er legte einen der Schlüssel in meine Hand.

„Das ist mein Weihnachtsgeschenk, Schneeflöckchen. Was sagst du?"

Ich antwortete nicht, fiel ihm aber stattdessen um den Hals. Ich konnte es nicht glauben. Wie denn auch? Vor wenigen Minuten hatte ich noch gedacht, dass wir uns immer nur in den Ferien sehen würden.

„Meinst du das wirklich ernst?", fragte ich.

„Ja, das tue ich. Jetzt müssen wir nur noch deine Eltern einweihen."

„Das habe ich schon getan." Diesmal strahlte ich ihn an und sah in sein verwirrtes Gesicht.

„Wie, sie wissen schon alles?"

„Ja, und sie wollen uns helfen, wenn sie können. Das ist mein Weihnachtsgeschenk."

„Du Schlitzohr! Und ich dachte die ganze Zeit, dass wir uns ja nicht zu auffällig verhalten dürfen."

„Ich weiß, das war sehr lustig mit anzusehen."

Ich stupste ihn leicht in die Seite und fügte hinzu: „Ich liebe dich und gebe dich nicht mehr her."

„Das musst du jetzt auch nicht mehr." Er beugte sich zu mir herüber und gab mir einen sanften und unglaublich süßen Kuss auf den Mund, der mich sofort süchtig danach machte. Ich legte also meine Hände in seinen Nacken und zog ihn zu mir heran, als er sich wieder von mir lösen wollte.

Den ganzen restlichen Abend mochten wir uns nicht mehr voneinander trennen. Selbst wenn sich einer von uns nur etwas zu trinken holen wollte, wurde er von dem anderen begleitet.

Mit meinen Eltern sprachen wir auch noch, denn von unseren Umzugsplänen wussten sie natürlich noch nichts. Die Wohnung, die Ryan ausgesucht hatte, war ebenfalls in Stade und daher hatten sie nicht allzu viel dagegen, dass ich schon ausziehen wollte. Allerdings hatten sie die Bedingung gestellt, dass wir auf meinen 18. Geburtstag warten mussten.

„Keine Panik, wir wollen euch nicht wieder trennen", sagte meine Mutter als sie unsere entsetzten Gesichter bemerkt hatte.

„Ryan kann so lange hierbleiben, wenn er das möchte."

Unglaublich! Plötzlich schien es für alles eine Lösung zu geben. Auch die Finanzierung der Wohnung war bereits geklärt, denn Ryans Eltern hatten angeboten die Miete zu zahlen. Natürlich wollten meine Eltern in dem Falle nicht nachstehen und beschlossen, mir das Kindergeld zu überlassen.

Alles war geplant und jetzt hieß es nur noch die Einrichtung zu besorgen und einzuräumen.

Am Neujahrsmorgen sahen Ryan und ich uns zusammen die Wohnung an und konnten noch nicht glauben, dass wir dort bald zusammenwohnen würden.

Die Zeit verging rasend schnell und ehe wir viel darüber nachdenken konnten, war der 20. März gekommen. Der Tag vor meinem 18. Geburtstag.

„Morgen ist es so weit, Schneeflöckchen", sagte Ryan und gab mir einen Kuss.

„Ja, endlich. Ich liebe dich!"

„Ich liebe dich auch."

Als ich am nächsten Abend neben Ryan in unserem neuen Bett, in unserer eigenen Wohnung lag und ihm beim Schlafen zu sah, flüsterte ich leise vor mich hin: „Es ist endlich wieder Frühling!"

ENDE

Anmerkungen des Autors:

Sandro Hübner meißelt in Berlin, in klaren Sätzen ein Denkmal und ist unverzichtbar für alle, die ihn bei Twentysix lesen, weiterempfehlen und auch kaufen werden.

Bisher erschienen:

Titel:	SAD SONG - Trauriges Lied -
Genre: **ISBN:**	Kriminalroman 978-3-7407-3007-9

Titel:	Juliette und Taddei eine Liebe forever
Genre: **ISBN:**	Liebesroman 978-3-7407-3030-7

Titel:	Rückkehr eines träumenden Delfins
Genre: **ISBN:**	Roman 978-3-7407-3399-5

Titel:	Fesselnde Psycho-Horror-Geschichten
Genre: **ISBN:**	Horror 978-3-7407-4455-7

Titel:	Spannende Thriller-Geschichten
Genre:	Thriller
ISBN:	978-3-7407-4636-0

Titel:	Doppelt stirbt sich besser, mit einem grauenvollen Biss
Genre:	Psychohorror
ISBN:	978-3-7407-4697-1

Titel:	TITANIC Ein Augenzeugenbericht von Helena F. Lang
Genre:	Roman
ISBN:	978-3-7407-5058-9

Titel:	Unheimliche Gruselgeschichten - Teil I -
Genre:	Gruselroman
ISBN:	978-3-7407-5067-1

Titel:	Unheimliche Gruselgeschichten - Teil II -
Genre:	Gruselroman
ISBN:	978-3-7407-5068-8

Titel:	Der Fitnesstrainer
Genre:	Roman
ISBN:	978-3-7407-5075-6
Titel:	Das Bett des Horroralptraums
Genre:	Horror
ISBN:	978-3-7407-5139-5
Titel:	Der verhängnisvolle Fehler aller Zeiten - Das Haus der Seelen
Genre:	Horror
ISBN:	978-3-7407-5317-7
Titel:	Spannende Abenteuerkurzgeschichten für Kinder
Genre:	Roman
ISBN:	978-3-7407-5415-0
Titel:	Roy Raperpotz im Land der Träume
Genre:	Roman
ISBN:	978-3-7407-1711-7

Titel:	Der grausame Helikopter des Horrors
Genre:	Horror
ISBN:	978-3-7407-2681-2

Titel:	Die Nacht des Horrors
Genre:	Horror
ISBN:	978-3-7407-4812-8

Titel:	Abenteuergeschichten für Kinder
Genre:	Roman
ISBN:	978-3-7407-6328-2

Titel:	Sommerliche Gaystories
Genre:	Roman
ISBN:	978-3-7407-5107-4

Titel:	Die Brücke zum Verrat
Genre:	Roman
ISBN:	978-3-7407-6639-9

Titel:	Das Wolfsmädchen
Genre:	Roman
ISBN:	978-3-7407-6589-7

Titel:	Mysteriöse Thriller-Geschichten aus Deutschland
Genre:	Mysterythriller
ISBN:	978-3-7407-7055-6

Titel:	Der Tod von der Theaterlegende Xaver Stieler
Genre:	Kriminalroman
ISBN:	978-3-7407-8645-8

Titel:	Die spannenden Fälle von Kommissar Black
Genre:	Kriminalroman
ISBN:	978-3-7407-8690-8

Titel:	Spannende Krimisammlung aus drei Kurzgeschichten
Genre:	Krimi
ISBN:	978-3-7407-0620-3

Titel:	Wenn du dich erinnerst...
Genre:	Krimi
ISBN:	978-3-7407-1208-2

Titel:	Der Mörder war nicht der Gärtner
Genre:	Roman
ISBN:	978-3-7407-1056-9

Titel:	Reich ins Heim
Genre:	Krimi
ISBN:	978-3-7407-1699-8

Titel:	Die Cops des Horrors
Genre:	Horror
ISBN:	978-3-7407-2726-0

Titel:	Es ist endlich wieder Frühling
Genre:	Roman
ISBN:	978-3-7407-1695-0